做天下最好的诗集

惟有旧日子

带给

我们幸福

——柏桦诗选集

柏桦 著

江苏凤凰文艺出版社

图书在版编目（CIP）数据

惟有旧日子带给我们幸福：柏桦诗选集 / 柏桦著.
— 南京：江苏凤凰文艺出版社，2017.7
ISBN 978-7-5399-9958-6

Ⅰ.①惟… Ⅱ.①柏… Ⅲ.①诗集－中国－当代
Ⅳ.①I227

中国版本图书馆 CIP 数据核字(2017)第 027809 号

书　　　名	惟有旧日子带给我们幸福：柏桦诗选集
著　　　者	柏　桦
责任编辑	于奎潮　王娱瑶
文字编辑	孙　律
出版发行	江苏凤凰文艺出版社
出版社地址	南京市中央路 165 号，邮编：210009
出版社网址	http://www.jswenyi.com
印　　　刷	南京爱德印刷有限公司
开　　　本	880×1230 毫米 1/32
印　　　张	11.875
字　　　数	290 千字
版　　　次	2017 年 7 月第 1 版　2017 年 7 月第 1 次印刷
标准书号	ISBN 978-7-5399-9958-6
定　　　价	48.00 元

（江苏凤凰文艺版图书凡印刷、装订错误可随时向承印厂调换）

目 录

卷一 再见，夏天(1981—1986)

003...... 表达

006...... 抒情诗一首

008...... 或别的东西

010...... 再见，夏天

011...... 悬崖

013...... 夏天还很远

015...... 惟有旧日子带给我们幸福

018...... 下午

020...... 鱼

021...... 望气的人

022...... 李后主

023...... 在清朝

卷二 琼斯敦(1987—1988)

027...... 献给曼杰斯塔姆

029...... 美人

031...... 琼斯敦

033...... 夏天，啊，夏天

卷三 往事(1988—1997)

037...... 往事

001

039......活着

040......请讲

041......节日

043......祝愿

044......回忆

045......自由

046......骑手

047......夏日读诗人传记

049......教育

050......1966年夏天

051......苏州记事一年

055......春日

057......演春与种梨

059......现实

060......以桦皮为衣的人

061......未来

062......衰老经

063......山水手记

卷四 西藏书(2010—2011)

071......忆江南：给张枣

073......忆重庆

074......嘉陵江畔

075......高山与流水

077......身体十章

082......在破山寺禅院

084......南京之忆

085......西藏书

092......知青岁月

094......你和我

096......小学生活

097......黎明

098......风在说

101......在苏州，有所思

102......猪头或与张爱玲对话

103......生命

104......异乡记：问答张爱玲

106......希罗多德（Herodoti）

107......在印度

108......在瑞典醒来

109......路易十六之死

111......查理一世之死

卷五　嘉靖皇帝的一生(2011—2012)

115......谢谢契诃夫

116......契诃夫的童年

117......一个小农学家之死

118......嘉靖皇帝的一生

120......乡里

121......词的轶事

122......在网师园

123......宣城，1975

124......人生

125......关于威尼斯

127......在坟边

128......沃尔特·惠特曼（Walt Whitman）

129......读罢

130......回忆（二）

131......柏林

132......与身体有关

133......礼记：月令

135......张枣在图宾根

卷六　叶芝与张枣(2012—2013)

139......过杭州

140......南京，鸡鸣寺

142......旅欧见闻录

143......卞之琳逸事

144......卞之琳逸事（二）

145......最后

146......叶芝与张枣

148......树荫下

149......张枣从威茨堡来信

151......铁笑：同赫塔·米勒游罗马尼亚（组诗选）

160......胡兰成再说

161......在北碚凉亭

162......一封来自1983年的情书

163......难忍

164......胡兰成在日本

165......某人的今生与来世

166......蕈油面后作

167...... 褒曼

168...... 夏日读杜拉斯

169...... 小职员的一生

170...... 鱼缘

171...... 革命要诗与学问

172...... 南非往事

173...... Ada 和 Van：一种俄罗斯之爱

175...... 唇

卷七　一种相遇（2014）

179...... 河南

180...... 当你老了

181...... 一种相遇

182...... 回忆（三）

183...... 致吕祥

184...... 南京（二）

185...... 南京（三）

186...... 锅炉工

187...... 东坡翁二三事

188...... 越州晨起

189...... 迎面

190...... 海子

191...... 人生如寄

192...... 回忆张枣

193...... 双鱼消息

194...... 在尘世

195...... 年少是一种幸运

197......悬念

198......家

199......我这一生便没有虚度……

200......纪念永恒

201......回忆玛丽·安,兼忆蜜谢依娜

202......一挥而就(组诗九首)

207......论美

208......清晨,想起撒娇派

209......水果杂说

210......微物之神

211......秋来组诗

216......致林克

217......游戏诗

218......日本声音

219......他们的一生

221......倾听茨维塔耶娃

223......秋日即景——西南交大镜湖

224......小雪作(组诗九首)

228......玫瑰与书

229......烟

230......在雅安

卷八　在南方(2015)

233......1988年,冬天

235......人生苦短

236......越南牛人

237......惋惜

238...... 夏天

239...... 矮子在阴天

240...... 下南京

241...... 镜像

242...... 白桦树

244...... 侧身

245...... 近长沙

246...... 英特

247...... 世界的未来

249...... 在永嘉

250...... 一个老了的童年

251...... 家庭教育

252...... 来自北京的夏天

253...... 学老杜度晚年

254...... 少年江南

255...... 爱，只是拘束

256...... 清明

257...... 秋千的故事

258...... 说吧，记忆

259...... 梦·雾

260...... 一千零一夜

261...... 生者与死者

262...... 著书

263...... 皮日休在写诗

264...... 在南方

265...... 忆旧游——寄张刚

266...... 重写布罗迪小姐的青春

267...... 忆南农

268...... 树下(二)

269...... 致上海诗人古冈

270...... 自然而然

271...... 致一位中学友人

272...... 还魂记

273...... 催情

274...... 蚊睫

275...... 致刘波

276...... 各得其所(十条)

277...... 知青时代的气味

278...... 反复戒烟之后作

279...... 绝句

280...... 美即真

281...... 小还大

282...... 在一个封闭的房间

283...... 绝句

284...... 俗套

285...... 初冬印象

286...... 老人站着，年轻人躺着

287...... 散步

288...... 今将疯是谁？

289...... 黑绝句

290...... 开场与收场

291...... 而黑暗就在那里

292...... 五噫歌

294...... 纳博科夫 1942 年后小像

卷九　燕子与蛇的故事（2016）

297……下午教育

298……明清曾孃孃

299……甲状腺

300……出身论及书法的故事

301……医生之后戏剧指甲

302……问物

303……鱼嘴

304……一个舞蹈演员爱的一生

305……良民证

306……在此星球

307……忆旧游

308……变

309……真的

310……燕子与蛇的故事

311……对酒

312……忆柏林

313……一位轻盈的母亲

314……耳顺之年的回忆

315……在世界

316……在轮回的长河里……

317……江南来信

318……1978年的恋爱

319……命定的时间

320……1837年的谢甫琴科

321……过秦淮

322……在古宋

323……暹罗的回忆

324...... 拍案惊奇之一

325...... 紧张人对轻盈人说

326...... V

327...... 一个女诗人的一生

328...... 杭州：出夏入秋

329...... 橘子

330...... 谁灯灭谁人死

331...... 几件事

332...... 阿米亥开始刺激

333...... 一生

334...... 扫墓

335...... 临刑前

336...... 偈

338...... 柏林夜舞

339...... 纪念簿三幅题词

340...... 风从东方来

342...... 马雅可夫斯基说家常

343...... 教育

卷十　南洋日记（2017）

347 ...... 苏州的四季

349 ...... 人散天已晚，遂想到……

350 ...... 东西护身

351 ...... 一次旅行

352 ...... 藏

353 ...... 冬天

354 ...... 费解

355 ...... 南洋日记（3首）

358...... **柏桦自撰文学年谱**

卷一
再见,夏天
(1981—1986)

表 达

我要表达一种情绪

一种白色的情绪

这情绪不会说话

你也不能感到它的存在

但它存在

来自另一个星球

只为了今天这个夜晚

才来到这个陌生的世界

它凄凉而美丽

拖着一条长长的影子

可就是找不到另一个可以交谈的影子

你如果说它像一块石头

冰冷而沉默

我就告诉你它是一朵花

这花的气味在夜空下潜行

只有当你死亡之时

才进入你意识的平原

音乐无法呈现这种情绪

舞蹈也不能抒发它的形体

你无法知道它的头发有多少
也不知道它为什么要梳成这样的发式

你爱她,她不爱你
你的爱是从去年春天的傍晚开始的
为何不是今年冬日的黎明?

我要表达一种细胞运动的情绪
我要思考它们为什么反叛自己
给自己带来莫名的激动和怒气

我知道这种情绪很难表达
比如夜,为什么在这时降临?
我和她为什么在这时相爱?
你为什么在这时死去?

我知道鲜血的流淌是无声的
虽然悲壮
也无法融化这铺满钢铁的大地

水流动发出一种声音
树断裂发出一种声音
蛇缠住青蛙发出一种声音
这声音预示着什么?
是准备传达一种情绪呢
还是表达一种内含的哲理?

还有那些哭声
那些不可言喻的哭声

中国的儿女在古城下哭泣过

基督忠实的儿女在耶路撒冷哭泣过

千千万万的人在广岛死去了

日本人曾哭泣过

那些殉难者,那些怯懦者也哭泣过

可这一切都很难被理解

一种白色的情绪

一种无法表达的情绪

就在今夜

已经来到这个世界

在我们视觉之外

在我们中枢神经里

静静地笼罩着整个宇宙

它不会死,也不会离开我们

在我们心里延续着,延续着

不能平息,不能感知

因为我们不想死去

1981年10月,于广州

抒情诗一首

今夜我独自享受着雪花
我似乎只为了这絮语
难过得无法感谢它的来临
它每年都来拜访我幽居的孤独
来和我谈谈我熟悉的杂事
带给我一些未老先衰的感情
以及非常非常轻柔的寒冷的诗意

我开始重新想念好久以前
我等待过初春黎明时的胆怯
等待过太多的热烈与悲哀
等待过平安秋夜的静谧
可这一切都来过了
依然是平凡的岁月的流逝

今夜我感到有一种等待是不能完成的
就像要改变一种仇恨不可能一样
我也无法改变这种习惯的姿势
即便这没有什么特别的意义

我迎接过无数的夏天
随后全溶入凉快的河流

但死亡何时才向你走来
这我并不清楚

我又重新想起好久以前
我幻想过深夜浪涛的拍岸之音
幻想过漂浮的流云单薄的身影
幻想过遥远而不知名的森林的沉思

今夜我知道有一种幻想是无法变换的
就像注定地忍受下去的四季的更替
消瘦和壮大的生息
周而复始的兴奋或悒郁

无名的雪花轻轻地下吧
轻轻地低述你寂寞的话语
此时再不会有别的忧烦
来打扰你沉默的思绪

1982 年 11 月,于重庆

或别的东西

钉子在漆黑的边缘突破
欲飞的瞳孔及门
暗示一次方向的冲动
可以是一个巨大的毛孔
一束倒立的头发
一块典雅的皮肤
或温暖的打字机的声音
也可以是一柄镶边小刀
一片精致的烈火
一枝勃起的茶花
或危险的初夏的堕落

娇小的玫瑰与乌云进入同一呼吸
延伸到月光下的凉台
和树梢的契机
沉着地注视
无垠的心跳的走廊
正等待
亲吻、拥抱、掐死
雪白的潜伏的小手
以及风中送来的抖颤的苹果

被害死的影子

变成阴郁的袖口

贴紧你

充满珍贵的死亡的麝香

化为红色的嘴唇

粘着你

青苔的气氛使你的鼻子眩晕,下坠

此刻你用肃穆切开子夜

用膝盖粉碎回忆

你所有热烈的信心与胆怯

化为烟雾

水波

季节

或老虎

1984年5月

再见,夏天

我用整个夏天同你告别
我的悲怆和诗歌
皱纹劈啪点起
岁月在焚烧中变为勇敢的痛哭

泪水汹涌,燃遍道路
燕子南来北去
证明我们苦难的爱情
暴雨后的坚贞不屈

风迎面扑来,树林倾倒
我散步穿过黑色的草地
穿过干枯的水库
心跳迅速,无言而感动

我来向你告别,夏天
我的痛苦和幸福
曾火热地经历你的温柔
忘却吧、记住吧、再见吧,夏天!

1984年8月

悬　崖

一个城市有一个人
两个城市有一个向度
寂静的外套无声地等待

陌生的旅行
羞怯而无端地前进
去报答一种气候
克制正杀害时间

夜里别上阁楼
一个地址有一次死亡
那依稀的白颈项
正转过头来

此时你制造一首诗
就等于制造一艘沉船
一棵黑树
或一片雨天的堤岸

忍耐变得莫测
过度的谜语
无法解开的貂蝉的耳朵
意志无缘无故地离开

器官突然枯萎
李贺痛哭
唐代的手再不回来

1984年,秋

夏天还很远

一日逝去又一日

某种东西暗中接近你

坐一坐,走一走

看树叶落了

看小雨下了

看一个人沿街而过

夏天还很远

真快呀,一出生就消失

所有的善在十月的夜晚进来

太美,全不察觉

巨大的宁静如你干净的布鞋

在床边,往事依稀、温婉

如一只旧盒子

一个褪色的书签

夏天还很远

偶然遇见,可能想不起

外面有一点冷

左手也疲倦

暗地里一直往左边

偏僻又深入

那唯一痴痴的挂念

夏天还很远

再不了,动辄发脾气,动辄热爱

拾起从前的坏习惯

灰心年复一年

小竹楼、白衬衫

你是不是正当年?

难得下一次决心

夏天还很远

1984年,冬

惟有旧日子带给我们幸福

墙上的挂钟还是那个样子
低沉的声音从里面发出
不知受着怎样一种忧郁的折磨
时间也变得空虚
像冬日的薄雾

我坐在黑色的椅子上
随便翻动厚厚的书籍
也许我什么都没有做
只暗自等候你熟悉的脚步

钟声仿佛在很远的地方响起
我的耳朵努力地倾听
今夜我心爱的拜访还会再来吗?
我知道你总是老样子
但你每一次都注定带来不同的欢乐

我记得那一年夏天的傍晚
我们谈了许多话,走了许多路
接着是彻夜不眠的激动
哦,太遥远了……
直到今天我才明白

这一切全是为了另一些季节的幽独

可能某一个冬天的傍晚
我偶然如此时
似乎在阅读,似乎在等候
性急与难过交替
目光流露安静的无助
许多年前的姿态又会单调地重复

我想我们的消逝一定是一样的
比如头发与日历
比如夸夸其谈与年轻时的装束
那时你一生气就撕掉我的信封
这些美丽的事迹若星星
不同,却缀满记忆的夜空
我一想到它们就伤心,亲切而平和

望着窗外渐浓的寒霜
冷风拍打着孤独的树干
我暗自思量这勇敢的身躯
究竟是谁使它坚如石头
一到春天就枝繁叶茂
不像你,也不像我
一次长成只为了一次零落

那些数不清的季节和眼泪
它们都去哪里了?
我们的影子和夜晚

又将在哪里逢着?

一滴泪珠坠落,打湿书页的一角
一根头发飘下来,又轻轻拂走
如果你这时来访,我会对你说
记住吧,老朋友
惟有旧日子带给我们幸福

1984年,冬

下　午

焦虑的寂静已经感到

在一本打开的散文里

在一首余音缭绕的歌里

是的，我注意到了

还有更重要的一点

某个人走进又走出

入睡前你一直在沉思

徒劳的镜子凝视着什么

即将切开的水果

或棕色的浅梦

下午你睡得很稳

脾气也成了酒

是的，我注意到了这一切

包括窗帘有一点美丽

你的梦在过渡

这是最好的时间

但要小心

因为危险是不说话的

它像一件事情

像某个人的影子很轻柔

它走进又走出

1985年,春

鱼

难以理解的鱼不会歌唱
从寂静游进寂静

需要东西，需要说话
但却盲目地看着一块石头

忍受的力量太精确
衰老催它走上仁慈的道路

它是什么？ 一个种族的形象
或一个无声的投入的动作

埋怨的脸向阴影
死亡的沉默向错误

出生为了说明一件事的比喻
那源於暧昧的痛苦的咽喉

1985年,秋

望气的人

望气的人行色匆匆
登高眺远
眼中沉沉的暮霭
长出黄金、几何与宫殿

穷巷西风突变
一个英雄正动身去千里之外
望气的人看到了
他激动的草鞋和布衫

更远的山谷浑然
零落的钟声依稀可闻
两个儿童打扫着亭台
望气的人坐对空寂的傍晚

吉祥之云宽大
一个干枯的导师沉默
独自在吐火、炼丹
望气的人看穿了石头里的图案

乡间的日子风调雨顺
菜田一畦，流水一涧
这边青翠未改
望气的人已走上了另一座山巅

1986年，暮春

李后主

遥远的清朗的男子
在 977 年一个细瘦的秋天
装满表达和酒
彻夜难眠、内疚
忠贞的泪水在湖面漂流

梦中的小船像一首旧曲
思念挥霍的岁月
负债的烟
失去的爱情的创伤
一个国家的沦落

哦，后主
林阴雨昏，落日楼头
你摸过的栏杆
已变成一首诗的细节或珍珠
你用刀割着酒、割着衣袖
还用小窗的灯火
吹燃竹林的风、书生的抱负
同时也吹燃了一个风流的女巫

1986 年，暮春

在清朝

在清朝
安闲和理想越来越深
牛羊无事,百姓下棋
科举也大公无私
货币两地不同
有时还用谷物兑换
茶叶、丝、瓷器

在清朝
山水画臻于完美
纸张泛滥,风筝遍地
灯笼得了要领
一座座庙宇向南
财富似乎过分

在清朝
诗人不事营生、爱面子
饮酒落花,风和日丽
池塘的水很肥
二只鸭子迎风游泳
风马牛不相及

在清朝
一个人梦见一个人
夜读太史公,清晨扫地
而朝廷增设军机处
每年选拔长指甲的官吏

在清朝
多胡须和无胡须的人
严于身教,不苟言谈
农村人不愿认字
孩子们敬老
母亲屈从于儿子

在清朝
用款税激励人民
办水利、办学校、办祠堂
编印书籍、整理地方志
建筑弄得古香古色

在清朝
哲学如雨,科学不能适应
有一个人朝三暮四
无端端地着急
愤怒成为他毕生的事业
他于一八四二年死去

1986年秋,于成都

卷二
琼斯敦
(1987—1988)

献给曼杰斯塔姆①

那个生活在神经里的人
害怕什么呢?
害怕赤身裸体的纯洁?
不! 害怕声音
那甩掉了思想的声音

我梦想中的诗人
穿过太重的北方
穿过瘦弱的幻觉的童年
你难免来到人间

今天,我承担你怪僻的一天
今天,我承担你天真的一天
今天,我突出你的悲剧

沉默在指明
诗篇在心跳、在怜惜
无辜的舌头染上语言
这也是我记忆中的某一天

---

① 曼杰斯塔姆(Osip Emilyevich Mandelstam,1891—1938),前苏联诗人。

牛已停止耕耘
镰刀已放弃亡命
风正屏住呼吸
啊,寒冷,你在加紧运送冬天

焦急的莫斯科
你握紧了动人的肺腑
迎着漫天雪花,翘首以待
啊,你看,他来了
我们诗人中最可泣的亡魂!
他正朝我走来

我开始属于这儿
我开始钻进你的形体
我开始代替你残酷的天堂
我,一个外来的长不大的孩子
对于这一切
路边的群众只能更孤单

1987年11月

美 人

我听见孤独的鱼
燃红恭敬的街道
是否有武装上膛的声音
当然还有马群踏弯空气

必须向我致敬,美的行刑队
死亡已整队完毕
开始从深山涌进城里

而一些颜色
一些伪装的沉重与神圣
从我们肉中碎身

衰老的雷管定时于夜半的腹部
孩子们在食物中寻找颓废
年青人由于形象走向斗争

此时谁在吹
谁就是火
谁就是开花的痉挛的脉搏

我指甲上的幽魂,攀登的器官
在酒中成长

雨不停地敲响我们的脑壳

啊，挑剔的气候，心之森林
推动着检阅着泪水
时光的泥塑造我们的骨头

整整一个秋天，美人
我目睹了你
你驱赶了、淹死了
我们清洁的上升的热血

1987年11月

琼斯敦[①]

孩子们可以开始了
这革命的一夜
来世的一夜
人民圣殿的一夜
摇撼的风暴的中心
已厌倦了那些不死者
正急着把我们带向那边

幻想中的敌人
穿梭般地袭击我们
我们的公社如同斯大林格勒
空中充满纳粹的气味

热血旋涡的一刻到了
感情在冲破
指头在戳入
胶水广泛地投向阶级
妄想的耐心与反动作斗争

从春季到秋季

[①] 1978 年 11 月 18 日,914 名美国公民在圭亚那热带丛林集体自杀,"琼斯敦"是自杀的地点。这个地点以美国当时宗教性组织"人民圣殿"的领导者吉姆·琼斯敦命名。

性急与失望四处蔓延
示威的牙齿啃着难挨的时日
男孩们胸中的军火渴望爆炸
孤僻的禁忌撕咬着眼泪
看那残食的群众已经发动

一个女孩在演习自杀
她因疯狂而趋于激烈的秀发
多么亲切地披在无助的肩上
那是十七岁的标志
唯一的标志

而我们精神上初恋的象征
我们那白得炫目的父亲
幸福的子弹击中他的太阳穴
他天真的亡灵仍在倾注：
信仰治疗、宗教武士道
秀丽的政变的躯体

如山的尸首已停止排演
空前的寂静高声宣誓：
度过危机
操练思想
纯洁牺牲

面对这集中肉体背叛的白夜
这人性中最后的白夜
我知道这也是我痛苦的丰收夜

1987 年 12 月

夏天,啊,夏天

这夏天,它的血加快了速度
这下午,病人们怀抱石头的下午
命令在反复,麻痹在反复
这热啊,热,真受不了!

这里站立夏天的她
宣誓吧,腼腆的她
喘不过气来呀
左翼太热,如无头之热

这里上演冰冻之诗,放荡之诗
街道变软、变难
她装上知识的白牙
这光,这白,这继续的白

她曾代表沉默的人民
她曾裸露一只乳房
她曾试图灭亡

再看看这躯体,这晕倒的娇躯
躺在翠黄的树叶间
孤单单地被免掉
再看看,她向公园开枪

向自己开枪,向笑开枪

再看看,她把花分给大家
谁要就给谁
再看看,荒凉的球场,空旷的学校
再看看,夏天,啊,夏天

1988 年,夏,于重庆

卷三
往事
(1988—1997)

往　事

这些无辜的使者
她们平凡地穿着夏天的衣服
坐在这里，我的身旁
向我微笑
向我微露老年的害羞的乳房

那曾经多么热烈的旅途
那无知的疲乏
都停在这陌生的一刻
这善意的，令人哭泣的一刻

老年，如此多的鞠躬
本地普通话（是否必要呢？）
温柔的色情的假牙
一腔烈火

我已集中精力看到了
中午的清风
它吹拂相遇的眼神
这伤感
这坦开的仁慈
这纯属旧时代的风流韵事

啊,这些无辜的使者
她们频频走动
悄悄叩门
满怀恋爱和敬仰
来到我经历太少的人生

1988 年 10 月,于南京

活 着

在迷离的市声中
隐约传来暗淡的口琴声
啊,这是阳光普照的一刻
这是下午的大地

运行不已的春光啊
带走你蓦然远飞的年轻心思
北方、南方
到处是一样的经历

你站立在明净的平台上
赞叹自己左倾的身体
风吹乱你的头发
这是真的,你多么年轻

当天气从潦倒中退去
当落日迎来了流水
你轻声对自己说:
"我要活着、活着、活到底"

1989 年 2 月

请 讲

请讲一讲生活
请讲一讲一天的等待
请讲一讲沉醉的琐事
请讲一讲时钟在摆动
在一间童年的房间

哦,第二个黎明已经到来
你手拿镜子走到窗前
并将香水瓶打开
但请闻一闻清晨的树木吧
闻一闻无处不在的木气

并请回去吧,回重庆过冬
如果不死,还需要学习
生活是否是这样?
在我的国家,城市或一所学校
生活在进行,在统一,在过冬
在死掉的人中
在童年的词中
在一滴泪水中过冬

1989年2月

节 日

你在此经历夜色
经历风景的整容
以及又一次青春的消息

看,满天星星
远处白羊站立
这是春天的一夜
这是难得的一夜

你该感激什么呢?
这景色,这细节
这专心爱着的大地
你该发现什么呢?
生活、现实而不是挑剔!

再集中一些吧
集中即抒情
即投身幸福的样子
即沉迷的样子
当夜色继续暗下去

你已经更无辜了

面对这个一身玉骨的人

这个更女人的人

她放弃就赢得一切

1989 年 3 月

祝　愿

这是必然的冬天纪律吗？
这是一件恨的遗物吗？
到处都是自由啊，你看
到处都是涌出的热泪
当她被这片景色所囚

春天已经给予这一刻
给予一个孤立的孩子
那大地上成长的美人
那大地所嫉妒的美人
她的任务不是悲泣

请赐给她幸福吧
赐给她春风、马群、宴席
以及空气中舒展的心灵
你听，请屏息静听
她在阳光下舞蹈的声音

她转动着火的身子
她高举天真的左手，她问：
"我是谁？
为什么有无边的欢乐？
为什么要歌唱直到死？"

1989 年 3 月

回 忆

我在初春的阳台上回忆
一九八六年春夜
我和你漫步这幽静的街头
直到天色将明

我在幻想着未来吧
我在对你读一首诗吧
我松开的发辫显得多无力
风吹热我惊慌的脸庞
这脸，这微倦的暖人风光

回忆中无用的白银啊
轻柔的无辜的命运啊
这又一年白色的春夜
我决定自暴自弃
我决定远走他乡

1989 年 3 月

自　由

自由就是春天的大地
春天的人民涌出城门

自由就是呼唤的山花
山花匆忙地款待我们

是什么东西让我们受不了
我们的心因欢乐而颓丧

激情是风景中的几点
运动的或静止的几点
哦，纯洁的，美的几点

孩子们，那些孤单的孩子们
你们在草地上，溪水旁
自由正照临你们头上

1989 年 3 月

骑　手

冲过初春的寒意
一匹马在暮色中奔驰
一匹马来自冬天的俄罗斯

春风释怀，落木开道
一曲音乐响彻大地
冲锋的骑手是一位英俊少女

七十二小时，已经七十二小时
她激情的加速度
仍以死亡的加速度前进

是什么呼声叩击着中国的原野
是什么呼声像闪电从两边退去
啊，那是发自耳边的沙沙的爱情

命运也测不出这伟大的谜底
太远了，一匹马的命运
太远了，一个孩子的命运

1989年，春

夏日读诗人传记

这哲学令我羞愧
他期望太高
两次打算放弃
不！ 两次打算去死
漫长的三个月是他沉沦的三个月
我漫长的痛苦跟随他
从北京直到重庆

整整三个月，云游的小孤儿
暗中要成为大诗人
他的童年已经结束
他已经十六岁
他反复说
"要么为自己牺牲自己
要么为别人而活着。"
这哲学令我羞愧

他表达的速度太快了
我无法跟上这意义
短暂的夏日翻过第八十九页
瞧，他孤单的颈子开始发炎
在意义中，也在激情中发炎

并在继续下去
这哲学令我羞愧

再瞧，他的身子
多敏感，多难看
太小了，太瘦了
嘴角太平凡了
只有狡黠的眼神肯定了他的力量
但这是不幸的力量
这哲学令我羞愧

其中还有一些绝望的细节
无人问津的两三个细节
梦游的两三个细节
竖着指头的两三个细节
由于一句话而自杀的细节
那是十八岁的一个细节
这唯一的哲学令我羞愧

1989年,冬

教 育

我传播着你的美名
一个偷吃了三个蛋糕的儿童
一个无法玩掉一个下午的儿童

旧时代的儿童啊,
二十年前的蛋糕!
那是决定我前途的下午
也是我无法玩掉的下午

家长不老,也不能歌唱
忙于说话和保健
并打击儿童的骨头

寂寞中养成挥金如土的儿子
这个注定要歌唱的儿子
但冬天的思想者拒受教育
冬天的思想者只剩下骨头

1989年,冬

1966 年夏天

成长啊,随风成长
仅仅三天,三天!

一颗心红了
祖国正临街吹响

吹啊,吹,早来的青春
吹绿爱情,也吹绿大地的思想

瞧,政治多么美
夏天穿上了军装

生活啊! 欢乐啊!
那最后一枚像章
那自由与怀乡之歌
哦,不! 那十岁的无瑕的天堂

1989 年 12 月 26 日

苏州记事一年

正月初一,岁朝
农民晨起看水
开门,放爆竹三声

继续晨,幼辈叩头
邻里贺年
农民忙于自己

初五,财神的生日
农民迎接不暇
采购布匹

十五,悬灶灯于厨下
连续五夜
挂起树火,大张灯市
山水,人物不见天日
妇女为去病过三座石桥
民众击乐,鼓励节日

二十八日,落灯
行业恢复正常

二月初八,大帝过江,和尚吃肉

前三后四风雨必至

有人称龙头,有人吞土

农家因天气而成熟

有利无利但看"二月十二"

三月初三,蚂蚁搬米上山

农妇洗发、清目

又吃油煎食品

清明,小麦拔节,踏青游春

深蓝、浅绿插入水中

妇女结伴同行

以祈青春长存

四月初一,闲人扛大锣、茶箱

老爷从属西军夜

红衣班扮刽子手

(演员出自肉店、水果店、豆腐店)

立夏见三新:樱桃、青梅、元麦

中医这天勿用

蚕豆也等待尝新

四月十四日,轧神仙

吕纯阳过此

无需回避

他的影子在群众中济世

五月五,端午出自蒲剑

也出自夏至的替身
儿童写王字于前额
身披虎皮,手握蒜头
而城隍是大老爷

六月六,寺院晒经
各户晒书籍、图画、衣被
黄狗洗澡、打滚
老人或下棋、或听书、或无事
小孩吃茶于七家
面貌动荡不宁

立秋之日,以西瓜供献
也制巧果、蝶形油炸
人,以期颐养天年

八月十五,中秋
柿饼、月饼于月下
蔬菜吃完了
摆上鲤鱼
得下签者不予参加

九月九,郊外登高
望云、望树、望鸟
小贩漫游山下

十一月,日短夜长,市场发达
财主收租、收账、剥皮

而冬至大如年
农民重视

冬至，全家吃夜饭
豆芽如意，青菜安乐
年糕、汤团、圆之意
儿子不得外出
嫁女不利亲人
南瓜放出门外过夜

十二月过年，送灶
灯具多自制
热热闹闹、繁文缛节

除夕，又是鸡鸭鱼肉
提灯笼要钱者
来往不绝，直到天明

除夕之末，男孩怀旧
果子即压岁，即吉利
老鼠即女孩的敌人
惟大人不老，放爆竹三声

1989 年 12 月

春 日
——写于玄武湖畔

这是光彩照人的一个下午
白色的樱花开满庭院
这是否是足够的呢?

你,一个眺望风景的人
正站立水中的小桥
继续你的眺望

远方,在古代的城门下
汽车运送着旅客
勤奋的市民打扫着店铺

音乐在那儿
倒影的日落在那儿
旌旗、红墙、绿树在那儿

一口小泉流入幽单的井底
湿润的草药悬挂于门前
一群孩子做着爱情的迷藏

继续站立风景中的人啊
与你同行的还有太多的形象

风俗、绸衣、无言的灯火

忧伤的梦游的妓女们
她们也听到更多的东西
鸟的泪滴、钢琴的弹奏……

而我在向晚被谁催入旧梦?
我在向晚依偎着什么?
那夜凉如水的是什么?

1990年5月

演春与种梨
——赠杨键、李淑亚

一

日暮,灯火初上
二人在园里谈论春色
一片黑暗,淙淙水响
呵,几点星光
生活开始了……

暮春,我们聚首的日子
家有春椅、春桌、春酒
呵,纸,纸,纸啊
你沦入写作
并暂时忘记了……

二

足寒伤神,园庭荒凉
他的晚年急于种梨

种梨、种梨
陌生的、温润的梨呀

光阴的梨、流逝的梨
来到他悲剧的正面像

梨的命运是美丽的
他的注视是腼腆的

但如果生活中没有梨
如果梨的青春会老死

如果、如果……
那他就没有依傍，就不能歌唱

1990年9月30日

现　实

这是温和,不是温和的修辞学
这是厌烦,厌烦本身

呵,前途、阅读、转身
一切都是慢的

长夜里,收割并非出自必要
长夜里,速度应该省掉

而冬天也可能正是春天
而鲁迅也可能正是林语堂

1990 年 12 月 11 日

以桦皮为衣的人

这是纤细的下午四点
他老了

秋天的九月,天高气清
厨房安静
他流下伤心的鼻血

他决定去五台山
那意思是不要捉死蛇
那意思是作诗:

"雪中狮子骑来看"

1990年12月11日

未　来

这漂泊物应该回去
寂寞已伤了他的身子

不幸的肝沉湎于鱼与骄傲
不幸的青春加上正哭的酒精

啊，愤怒还需要更大吗？
骂人还骂得不够

鸟、兽、花、木，春、夏、秋、冬
俱惊异于他是一个小疯子

红更红，白更白
黄上加黄，他是他未来的尸体

1990 年 12 月

衰老经

疲倦还疲倦得不够
人在过冬

一所房间外面
铁路黯淡的灯火,在远方

远方,远方人呕吐掉青春
并有趣地拿着绳子

啊,我得感谢你们
我认识了时光

但冬天并非替代短暂的夏日
但整整三周我陷在集体里

1991 年 4 月

山水手记

一

像原始人面对一个奇迹
我面对你的翻译和声音

二

毛泽东说：不要鹅蛋看不起鸡蛋。
枕草子说：水中的鸭蛋是优雅的。

三

年轻姑娘继续谈着风景，
一只燕子的飞翔会带来肉体的潮湿。

四

他有着黎明式的精神，但准时是他忧伤的表现。

五

鸟儿，
我心烦意乱

鸽子……
南京清晨的悸动

六

风景有些寂寞的洋气
在一株皂角树下
凉风……
藤椅,
一本五十年代的画册

七

他肠子里绞着算盘
他上演眼泪。

八

好听的地名是南京、汉城、名古屋。

九

年轻人烧指甲是会发疯的呀。

十

星期天,一个中年女教师在无休止地打一条狗。

十一

我认为的好人是南京人吕祥，衢州人黄慰愿，合肥人胡全胜。

十二

爱流泪的胖子笑了，这一节值得留念。

十三

被焦虑损坏的脸是叶利钦的脸。

十四

这是春天的桌子，春天的椅子，春天的酒。

十五

一个深夜爱说话的体育教师今天专程动身去加拿大的月亮下哭。

十六

姓名叫杨伟的人不好，应该改一个名字。

十七

一个美丽的男诗人发胖了，这是可悲的，他蓄上胡子就显得可爱了;另一个男诗人流着眼泪说谎,而且头发又稀疏,就显得可耻了。

十八

我曾写过一行"向笑开枪",这很古怪。

十九

一个吃乌梢蛇时表情严肃的人是无趣的,一个在初夏头发多油的人是色情的;爱抒情的人注定了是坏人,而坏人的嘴都是长得不好看。

二十

最柔软的女人是贵州女人。

二十一

我认识一位中国诗人,走路像子弹一样快。

二十二

金鱼,这个词适合这张脸。

二十三

在柏林我生出了第一根白发,是为记。

二十四

更明亮的在泻下
更强硬的在泻下
我想到机械化的钢琴心

二十五

1997年，10月，从斯图加特到图宾根，买一张周末车票三十五马克，但一次可乘坐五人。

二十六

他用榔头砸蚂蚁。 这说的是莽汉诗人李亚伟吗？

二十七

那仆人捡起两节狗屎尾随而去
那老人搓着两个核桃若搓着两个睾丸

1995—1997年

卷四

西藏书

（2010—2011）

忆江南：给张枣

江风引雨①,春偎楼头,暗点检②
这是我病酒③后的第二日

我的俊友,来,让我们再玩一会儿
那失传的小弓和掩韵④

之后,便忘了吧
今年春事寂寂,晚来燕三两只

"我欲归去,我欲归去。" ⑤

不要起身告别,我的俊友

---

① 出自王昌龄《送魏二》诗句"江风引雨入船凉"。
② 出自吴文英《莺啼序·残寒正欺病酒》。
③ 同上。
④ "小弓"乃大弓的对称,不是正式的武器,只用于游戏,定制二尺八寸,步垛距离以四丈五尺为准。"掩韵"亦古时游戏之一种,取诗中句子,掩藏其叶韵的一字,令人猜测,以早猜中者为胜。
⑤ 读者需注意：此句乃我虚拟的张枣的声音,即张枣在此开口说话了。另,此句亦出自陶潜名句"归去来兮,田园将芜胡不归",当然也出自苏轼的流行调《水调歌头》中一句"我欲乘风归去"。

这深奥的学问需要我们一生来学习①

就把那马儿系于垂柳边缘②
就把那镜中的生涯说说③

是的,我还记得你——
昨夜灯下甜饮的样子,富丽而悠长

"我欲归去,我欲归去。"

不! 请听,我正回忆到这一节:
另一位隔江人在黎明的雨声中梳洗……④

2010年5月4日

---

① 里尔克(Maria Rilke)有一个观点,他认为人的一生中最难掌握的一门学问就是"告别"。我们该如何向亲人、情人或朋友告别呢? 里尔克用他的一生在学习这门告别的学问。曼德尔斯塔姆(Osip Mandelstam)在其一首诗中亦唱道:"I have to study the science of good-bye."翻译过来,便是:"我得学习告别的学问。"那"学问"对一位艺术家来说,可是了不得的"科学"(science)呢。 顺便简说二句,中国人也有自己一套告别的学问,如庄子"鼓盆而歌"及陶潜的"托体同山阿";而日本人则有"一期一会"呢。

② 化用王维《少年行》中末句"系马高楼垂柳边"。 也顺手借自张枣《镜中》一句"不如看她骑马归来"。

③ 此句一看便知,是说张枣"镜中"般的青春形象。但也另有一个出处:"万事销身外,生涯在镜中。 惟将两鬓雪,明日对秋风。"([唐]李益:《立秋前一日览镜》)

④ 此句化用吴文英《踏莎行》中一句"隔江人在雨声中"。

忆重庆

读到"机构凉亭"处,我停下
时断时续,入眠……醒来,
读……再读……在烈士墓?
我翻到了一篇《灯笼镇》
急忆起你年轻时孔雀肺的样子。

夏日呵,今天你仍如此辽阔
正午的水面,金子波动……
"人或为鱼鳖",而前方有
我童年就一直牵挂的建筑工地。

一个小圆桌呈现了这户人家
那暗黄桌面,那1966年的洋气
恰是重庆上清寺邮电局的气味
文化宫兽笼里袭来的气味。
而你,真不该在此时生气。

春潮,山间教室的日光灯……
黄昏窗正分得那数学老师
呢喃的侧影;突然,我感觉
我起身迎向老师,一下长大成人。

2010年7月1日

嘉陵江畔

不要怕,这只是一面镜子
面对遥远的往昔——

那天,滚烫的梯坎望不到尽头
你锻炼、奔跑……
在江边,正午,或黄昏
无眠的喜悦呢!
你总闻到一股怒气冲冲的味道
磅礴不绝,又难以形容

有人从巨石边飞跃入水
有人于江中追逐着驳船

而我却在那里
见到了一位淹死的青年
他面部苍白、肿胀
身上没有毛
看上去让人感到羞耻
如一具女人的尸体

从此,我失去了性别
从此,我看每一个人都像死人

2010年7月25日

高山与流水

> 古有庾信《枯树赋》："昔年种柳,依依汉南;今看摇落,凄怆江潭;树犹如此,人何以堪!"今有丰子恺画作"草草杯盘供语笑,昏昏灯火话平生。"（文出自王荆公《示长安君》）
>
> ——题记

年轻时,他喜欢在清晨小窗前朗读《斯巴达克斯》;
晚间,他最乐意当众背诵阿尔巴尼亚电影的台词。
现在,他已快到退休年龄了（还剩最后一周）
一生的工作即将在重庆邮局的分件科结束。

接下来,理所当然,他开始了长时间的怀旧
其中的知青岁月,最是令他萦绕难忘……
每每忆起,他都会激动不止地见人便说:
真是美呀！ 我天天有使不完的力气！

唉,唯一的缺陷就是那日出而作后的寂寞
当天将息了,可交谈呢？ 我知道交谈需要天赋,
这至乐只能偶逢,但我有一个这样的朋友,
只可惜他住得太远,远在天边外的合川。

那一年春节,他决定徒步去见那交谈者;从当日

上午出发，直走到深夜，黑暗是如此令人颤栗，
他在恐惧中胸怀青春的兴奋飞快地朝前奔呀，
"快了，快了，一百里不算什么。"他默念着这口诀

如今，每当酒后，他就反复忆起那次长途远行的情景
——拂晓时分，乡村生活的美仿佛是头一次向他打开：
竹林、溪流、房舍、炊烟，慷慨的宁静似从未遇见
而我终于抵达！ 我终于走过了人生多少艰难……

2010年8月5日

身体十章

指 甲

指甲中含有一种氧元素,叫做笑气。
啃指甲是害羞吗? 那么单纯的指甲印呢?

日本诗人饭田蛇笏写了一句诗:
"患上死病的指甲呵,美丽得象只小火桶。"

而你舍不得剪指甲——丑陋的希波克拉底指甲。
而柏拉图说:人是无翼、有两足、扁指甲的动物。

耳

猴耳、狗耳、猫耳、马耳、象耳……
还有猪耳,中国人最爱吃的部位
以及最美的兔耳,他们也要吃。

古人曰:左耳有青蛇,右耳有赤蛇,
夸父族人的耳畔则绕着两条黄蛇。
贫穷耳、富贵耳、针刺耳,交替相传

罗汉的耳垂是肥厚的,佛之耳是长大的
美女之耳如贝壳,恰似荷马所说:

"在海伦洞穿的耳垂上,镶嵌着

三颗珍珠般的珠子,美得令人眩目。"
耳聪之人呀,贤愚相共,如耳环无端
你切切不能将其一笔带过。

看,她已度过了混乱的青春期
看,她一生的努力就是想把她的耳朵变得美丽。

额

"额君临颜面之上。"

眉

蛾眉、柳眉、黛眉,武士眉、卧蚕眉(关公)、长寿眉
燕巢边缘般的眉,弓形的眉,"似大桥般的眉……
那是你幽暗的眉锋"(里尔克)
"眉使最大胆的人小心,使最胆小的人勇敢。"
顺眉而来,东汉有赤眉之乱
唐朝有"婉转蛾眉能几时,须臾鹤发乱如丝。"
《枕草子》说:眉毛茂生在额上。
《源氏物语》说:眉是远远的烟。
《好色一代男》说:眉略粗为好。
上村松园说:母亲有刚剃过的娇嫩的青眉。
石川啄木说:

> 背着孩子,立在雪花飘飘的停车场,

那送我的、妻子的眉毛。

　　对故土麦香的怀念，
　　凝结在女子的眉上。

当我说：他有着乡愁式的眉毛。
你就说：眉毛表现一个人的悟性，但不表达天真。
之外，眉毛挡住了额上流下的汗
之外，当你老了，你的眉毛也就白了。

眼

若不涉瞎子与独眼，人人有双眼。
但我又常怀敬畏之心听人说起——
某某开了天眼，即脑门上多出一只眼，
那意思是他能看到所有人看不见的东西。

《圣朝破邪集》（明朝版）说：
日本人有三只眼。
那意思是中国人以为日本人都独具慧眼。

鼻

直鼻、钩鼻、低鼻、圆鼻、斜鼻……
罗马鼻、犹太鼻、波状鼻、狮子鼻……

　　鼻孔的两扇门呵，我热爱你！
　　你保障了、众多细微的快乐，

唤起了口腹之欲和烟草香的欢乐

（阿波里奈尔）

Pascal 说："Cleopatre 的鼻子若稍微短些的话，世界上的容貌就都要变了。"

芥川龙之介略改之为："Cleopatre 的鼻子若弯曲点的话，世界的历史或许也会随之改变。"

颊

颊之美是短寿的；二十五岁之后，她的脸就肿胀了。

发

不死者其发如雪，东亚人崇拜金发。

膝

她的膝盖是冷的

让人想起故乡早春的晨曦

Ivan Bunin 式的巴黎郊外的微光

足

无论宁静的足或激烈的足都令我倾倒。

大手拓次说："女人是白色的软袋，那足是白色的燕子。我热爱黄梅雨中，一闪一闪的白色赤足。"接着，他又说：

> 我的足,是青色蜕下的皮壳。
> 我的足,是接吻细细的声音。
> 我的足,是飞鸟的粪。
> 我的足埋入你胸前,那挣扎的痛苦,是含情的疾患。

金子光晴说：

> 日本的脚呵,是我们的脚。

室生犀星说：

> 啊,降生到这世上,只要能有一足,就要感谢上帝。

而中国小足不仅为了审美,也有如下妙用：
吸、吹、舔、啮、咬、含、搓、握。

2010年8月16日

在破山寺禅院

> 夫天地者,万物之逆旅也;光阴者,百代之过客也。而浮生若梦,为欢几何?
> ——李白:《春夜宴从弟桃花园序》

"我们是否真的生活过？"
他在破山寺禅院内独步、想着……
一阵凉风吹来，这轻于晨星下的风
令他不寒而栗，他默念出一句长调：
寿命尚如风前之灯烛，匆匆春已归去
听杜鹃声过，鱼儿落泪，
我的俊友，已向那白鹤借来了羽毛。

你黎明即起的身姿真温暖如画，
早酒后，你的醉态亦是忘忧的：
昨夜那盏灯太亮了，照得人羞涩
昨夜还有一个女人在山石旁望月，不吉。
而屋角嫩寒的米缸上铺有一张白纸
刚好写来白居易二行诗句：

> 琴诗酒友皆抛我,雪月花时最忆君。

这时，院中的诵经声相合起流水声
交响入耳，令人思睡。恍惚间
你看见一个僧人走过水中的石桥
身影没入杂树的浓荫。你不禁轻叹：
真从容高贵呢。后面的人该怎样看我？
接着你又想起紫式部的一句话：

　　　　大凡相貌好的人，偶尔会展现最高的美。

"我们是否真的生活过？"
他在破山寺禅院内独步、想着……
佛陀的兴起是出于汉人高度的敏感性？
而禅的独创性，则使我们终于不同。你看，
只有我们才宜于白药、藿香正气水、万金油。
那还有什么不能让你心安且放下呢？是的，
我决定按自己的心意度过这无常的浮生。

2010 年 8 月 16 日

南京之忆

我俩在黑夜的初春漫步
(从明故宫到孝陵卫)
"我比她漂亮吗?
我给你讲一个人耳朵的故事。"

她生气了。 我没一直拉着她的手。
"我告诉过你,去雍和宫看看。
唉,他的那个……那个太大了……
而且我不喜欢狗。"

两年前,我在成都的长途汽车上
看见过飞逝的晴空;
近了,黑水县
近了,那个夏日的黄昏。

我可曾想到,如今,此刻,
只要一九八九年秋天的灯亮着
她就一定还在……
与我说着、走着,直至天明。

2010 年 10 月 5 日

西藏书(六首)

无常(一)

押往刑场的人、网里挣扎的鱼、乡间待宰的猪……
你的身体是一件行李,暂寄于此。

他们对于死,没有准备。
莲花生大士说:"临终那一刻才准备死亡,
这不是已经太晚了吗?"

Milarepa 说:我的宗教是生死无悔,"这个我们如此
害怕的尸体,此时此地就跟我们住在一起。"
我们何时才能有恃无恐? 熟悉你的心性!

Montaigne 说:"我们不知道死亡在哪儿等待着我们,
因此让我们处处等待死亡。
学会怎么死亡的人,就学会怎么不做奴隶。"

我们将在何时死去?临死的样子呢?
他不怕死,只怕痛——
重病或灾难真能让我们惊醒过来吗?

病危时,他说,人最要紧的是养性保命。
痊愈时,他又说,人最快时间恢复的是恶习(吃烟吃酒)

而人生，死是一种开示，如此迫切。

活过一百岁，就是不可言说的永恒……何必呢
"谁晓得明天晚上我是否还能够活着睡在这里？"
记住老母牛的榜样，安于睡在谷仓里。

前一天，他还好好的，第二天，他就死了
请想想他飘浮不定的死期……
我知道你总在新年为他人哭泣。

时时刻刻，你也会想到那注定的第二天，
如是，前一夜，你会把杯口朝下，放在床边。
天真的人、懒惰的人、无用的人啊，

佛陀说：在一切足迹中，大象的足迹最为尊贵；
在一切正念禅中，念死最为尊贵。

无常（二）

阅读这本书时，
室内的光线已变暗。这一页翻过，

我开始幻想尼泊尔寺院上空的秋云……
如此短暂；
我那微细的毛发呀，它在变。
那些卑贱的人或高贵的人终将死去……

记忆——
急流冲泄、一滑而过
一位身材高大的上师在那里讲经。

2010 年 11 月 22 日

逝去，逝去……

天空迎面扑来，初冬宛如初夏
黄昏里，那幢楼房、那间病室

她
无法以一颗欢乐心进入哀歌

她日里问夜里问，每隔一会儿都要问：
我死时会是什么样子呢？

凡心是风口的灯火，无法稳定
困难——超过那只浮在水面的乌龟

注意：
一只小昆虫正把你的小手指看成伟大的山水呢

逝去，逝去……
让我们的心在寺院。

2010年11月29日

这一刻

一

每当我们打开电视机，就看见阿修罗和饿鬼的世界
但在天道里，金发碧眼的冲浪人正躺在沙滩上晒太阳

谁说死亡的一刻是一个强力时刻,最后的心绪
将影响你立刻的未来。 听听:在这黑暗年代里,
普贤王如来的"心要"①将像火焰般照耀。

但"现在我已获人身,没有时间让心在道上彷徨。"

二

透过闻、思、修三慧,他对我谈起精神的远景:
完成大圆满法。 死时,你将如新生的婴儿,了无牵挂。

贝珠仁波切说:我的孩子,过来躺在这里。
纽舒龙德静静地躺下,挨着他的上师。

> 你看到天上的星星吗?
> 看到。
> 你听到左钦寺的狗叫声吗?
> 听到。
> 你听到我正在对你讲什么吗?
> 听到。
> 好极了,大圆满就是这样,如此而已。

"就在那一刻,我心里笃定地开悟了。我体悟到本初的智慧。"

2010年11月29日

---

① "心要",佛学语,指最精要的法义。

无 著

四世纪的印度佛徒无著老是朝思暮想着一件事
——某一天能亲见弥勒菩萨。
为此,他一次又一次去山中闭关、思想
前后十二年过去了,菩萨从未出现,
无著也死了心,决定再不闭关。

一日午后,无著在道旁逢着一只老狗,
它的下半身全腐烂了,上面尽是蠕动的蛆虫。
无著二话不说,当场就从身上剜下一块肉
递给狗吃。 并同时决定帮狗除蛆。 "不对!"
他转念一想,"用手捉蛆,不小心,会伤害蛆。
那就用舌头去舔、去吮。"

无著匍匐在地,倾身向狗,闭上双目,伸出舌头
……似有沙土被卷入嘴里,无著睁开眼睛,
从地面略略抬起头来:
狗已消逝。 弥勒菩萨正微笑着挨在他的身边;
温柔的光辉,在无著的周遭,熠熠降临、闪耀。

2010 年 11 月 29 日

临终学

　　　　　　啊,欢迎,临终时的不可言传的娴雅多姿!
　　　　——惠特曼《自己之歌》(Song of Myself) 第 45

心脏病人的感觉总是灰色的。
当死亡迫近时,要么是光包围了她
要么是大海沉沉黑夜的幻像在她周遭涌起

时候到了,她放弃端坐,选择了
右侧卧的睡狮之姿躺下。 很快,
她呼吸了一二次,就故去了。

为了这注定的死亡,她精心准备了一年
美,她早已忘却,面对窗前的事物
她知道"生者为过客,死者为归人。"

死需要准备,可你似乎没有准备好?
你到底怕什么呢? 不要怕。
用你的身体抱一抱这渐凉的尸体

并请不要发出哭声
那会惊扰死者在宁静中出定。
再轻些,屏住呼吸,死亡是真理时刻

它迎向他者,也朝向自我。
祈祷的洪钟只响在内心,力量巨大
这样,你就会变得有用。

死者,一缕头发从顶轮掉落
死者,一股热气从顶轮升起
死者,一片头盖骨冲上云天

虹光出现,那盛夏平原的海市蜃楼
那流动的光之景,非肉眼所能逼视

声、光、色,一闪而过。 死者

抛弃人道的暗蓝光,绝不重回六道;
那里,盛大的鱼群在热砂中煎熬

> 现在临终中阴已降临在我身上,
> 我将放弃一切攀缘、欲望和执著,
> 毫不散乱地进入教法的清晰觉察中,
> 并把我的意识射入本觉的虚空中;
> 当我离开这个血肉和合的躯体时,
> 我将知道它是短暂的幻影。(莲花生大士)

但光还在闪耀,我看见死者步入慈悲之光。

2010年11月30日

知青岁月

三十六年前,我曾游荡在巴县龙凤公社的山间
森林正午或黄昏,明朗的湿润,闻起来
有一股图宾根森林里德国男人飞跑过去的味道;
我真是那样年轻,十八岁,
正追逐着一名画中的农民女儿;
看,她刚装满一筐柴草。
"倒掉!"
突然,看林的瘸腿人怒吼着,临空逼近
他公正的隆鼻甚至贴上了她身体的窄门
热腾腾铁躯挡住了另一支飞来的箭矢。

森林转阴,面前那渐暗的美人半张着嘴
孤单的空气在呼出
那最后天真的残枝的痛苦……
那不是人的痛苦?
那恰是我昨夜油灯燃尽的痛苦
——在 1950 年代出版的一部百科全书
第 98 页末段,我听到萨特笔下的
自学者叹了一口气:"多么漫长!"

"在喊叫中颤抖着风的那些长弦"呵……
——"倒掉!"

灰色的天空如某种古代的威风倒扣过来
年轻的山巅、姑娘，
以及不远处老了的白市驿飞机场
我也在沙沙地跑过，迎向秋收后的黄金之风
风中空空的肩膀，弯腰的泪水……

而许多年后，
我终于学会了跟随一位西班牙诗人说：
"风有时叫嘴唇，另一次叫沙。"

2010 年 12 月 11 日

你和我
　　——再给张枣

那时你总说冷。 但在狭窄的空气里，你
享受了寂静并呼吸顺畅。 冬日的歌乐山
道路清爽，树在滴水，你从午休后起来
听到了窗前触手的桉树叶密集的心跳。
戴上围巾，出去走走，我喜欢多风的山巅。

你从不想成为别人，但偏偏被一个人的生活
累倒了。 美还在，虽然无用；写的速度也在，
即便没超过命运的速度；笑声依旧出自你
青年时代乌云般的浓发。 那一天，真实金发
注定要生辉。 不是吗？ 幽暗的灰尘中，
连清瘦的苍蝇也吹起了欢快的单簧管低音。
啊，德意志！ 请听我们的声音那样苗条甜蜜。
是的，此刻是重庆幻觉！ 莱茵河未来的曲线！

后来，灿若星辰的圆宝盒从天而降
趸到某个人的耳边，随便挂了一个商标；
后来，一九六〇年代手风琴的鼻音死了，
剃刀风、乡间杂货店、你往昔的嘴唇
也消逝了。 看，某个人正晃起镀金的溜肩
大笑着穿过流油的街道，走进脂肪办公室；

烧烤与火锅的气味集中刺激了唯一的会计，
她在昏昏欲睡的正午打了一个清脆急速的喷嚏。

另一天深夜，你对我说起你的初中岁月：那是
一个九月的黄昏，我独自来到一所山间中学；
校园空旷，无人报到，几只燕子在凉荫下穿行；
接着天色转黑，我尴尬地睡在稻草铺就的床上。
醒来无人打扰；饥饿在胃里，可什么在黎明里？

2010 年 12 月 14 日

小学生活

那孩子的心呀在课堂上漫游
累了,他的身体就想动
"到办公室去!"
老师已提前发出了命令
那孩子被罚站一个下午

黄昏星升起,放学的龙卷风
刮过大田湾小学的石阶
那孩子的面孔变了,
他开始死盯一株树或仰望夜空
或蜷缩在公共汽车上期待入眠

痛苦中断,也无惊疯
那孩子只在羡慕中久久地出神:
当家长与亲戚们吃完明亮的晚餐
他也一觉醒来,长大成人。

2011年1月6日

黎明

> 南方之忆在老翅膀下翻飞……
> ——题记

如果注定有一本书我永不打开
我便飞回到我八岁时的黎明

看，重庆的市街盘旋叠加
它早已丈量出我命运的身体

诗？ 时间？ 不死？ 危险！
临江绝壁，朝向我小学的往昔

牛角沱菜市明亮，烧饼一个五分
是的，我一下得到了这个黎明

就这样冲进初春一楼教室——

我没有爱上任何一位老师
爱上的只是一位母亲般的少女

2011年1月30日

风在说

> 睡觉的愿望就像一场追寻。
> ——赫塔·米勒

一

风儿,已躺下,
黑暗里,风之絮语比风本身还沉:

她在瘦下去,仅仅三天,
脸就有了一缕放陈的梨子味

树叶开始发黄,不远处
一股怀旧的锈铁迎面吹来

这时,我会想,
她的低语看上去像缎被上的金鱼

冰凉欲滴……
剪刀

她
"越不想活,就越爱化妆。"
越爱在平静中飞旋起酒后的烦闷。

二

睡下的风,继续讲着另一个故事:

三十五年过去了,那卧病多年的父亲
已在风景中死去;
乡间,在竹林中,
那丧父的儿子也垂垂老矣,
我从此痛失我的知青岁月

——深冬,绝对的午后
腊猪头在灶膛里已煨了一昼夜
那虚胖的儿子请我去吃

是的,我记得:
这一天,天空比你的眼睛还要小
这一天,你的请吃声恍若隋朝之音

三

风从深夜起身,开始哈气,
第三个故事由情(不自禁地)说出:

早年,六十一岁的花花公子何来悲伤,
脸上总溢满社会主义右派的笑容;
骑着妖娆的自行车,他常常
一溜烟就登上南京卫岗的陡坡

如今他已痴呆,整天裹一件睡衣,

裸着下体在室内晃荡，
他浪漫的妻子受不了他的臭味
以及他外表的苍老和内心的幼稚

终于，他最后的时刻到了，
睁眼睡入军区医院的病床；
戴上呼吸机，开始分秒必争的长跑
整整三个月，他似一个初学呼吸的人类

不停地跑呀，不能停下，停下就是死亡。
很快，岁月在他那曾经灿烂的屌上枯谢了
很快，岁月走过的地方，都轻轻撒一点
他独有的尿味、皮肤味、香水味

2011年1月27日

在苏州,有所思

出自于对清晨的信仰
你让苏州被花园环绕

铁在水面闪光,泛出黑色
太湖涌起黑铁的波浪

紫金庵! 一座小寺。
午后,那诗人有移民行动:

他接受最古雅的颓废
(春日幻觉:北朝鲜冷面

远处,波兰——江山破碎
丹麦人,为生活去航海

更远,瑞典出口毛皮、木材
鱼、马和铁。

而西班牙视农业为一种科学
橄榄、葡萄、生梨、苹果)

从花中提取香料,这
南方的缔造者,在苏州有所思

2011年2月15日

猪头或与张爱玲对话

猪头从滚水中冒出。

张爱玲说:
它毛发蓬松,
像个洗了澡的小孩子。

而我却说:
它是老还小的佛陀呢
只是眼睛更小些。

"猪头割下来,嘴里给它衔着
自己的小尾巴。"
张爱玲很怜惜。

为什么它会这样呢?
哦,原来那猪头也可以衔着梨
苹果、蕃茄或香蕉……
——我想。

2011 年 5 月 2 日

生　命

生命如此短暂，但神还是创造了这副面孔：
"老年，一件比死亡更可怕的东西。"

是的，越到老年
孩子们就越恨你，更不要说女人了。

空气依然公正。 美早已失去恐惧。
记住：只要你不怕，就没有什么可怕。

生活，各种各样的袋子，无穷的、烧不尽的
从这一袋转到那一袋……

每一刻都是真实的。 但也不要完全信它，
除非，你忘了——

"俄语是一种感冒了的语言。"（赫塔·米勒）
"我无限热爱瑞典，它到处都是幻觉。"（里尔克）

2011年6月16日

异乡记:问答张爱玲
——赠李商雨

忆昔年我曾在永嘉县党部住过一宿
那房子静静地浸在晕晕的夕光里,
柜台上的物资真堆积如山呢:
木耳、粉丝、笋干、年糕……

一切都是慢的,兰成! 连政府
到此,亦只能悄悄做一份人家。
不是吗? 你早已预见了——
马滑霜浓。 剩下的仅让我来说:

> 未晚先投宿,她从楼窗口看见
> 石库门天井里一角斜阳,一个
> 豆腐担子挑进来。里面出来一个
> 年轻的职员,穿长袍,手里
> 拿着个小秤,揭开抹布,称起
> 豆腐来,一副当家过日子的样子。

我到底害怕什么呢? 怕火车站?
怕油腻的抹布? 油腻的桌面?
怕油腻的饭碗泡上来的黑茶?

怕他那张永远油腻的黄脸?

随后是凄清的寒夜,簇新的棉被;
是头戴小钢盔且不知疲倦的破晓。
没有沉沦。哦,对了:在漆园,
我们偶寄一微官,婆娑数株树。

2011年8月21日

希罗多德(Herodoti)

你已经看到,小东西不会使神发怒;
神,只是不能容忍过分高大的东西存在;
他仅打击那些比一般动物高大的动物。

你说:涅乌里司人每人每年都有一次变成狼,
这样过了几天后,再恢复原形。
半兽人真的风雨欲来? 终古如斯?

你又说:波斯王在沙漠中饲养一种比狗小、
比狐狸大的蚂蚁,
专门用来捕获那些在沙漠中偷金沙的人。

西风在吹,骇人或黑人有何不好? 样样都黑:
神谶、奇迹、预言、幻象和梦兆;
那牺牲的占卜呢,你也相信?

2011年9月7日

在印度

在印度,有一部分印度人
不杀活物、不种谷物;
四海为家、没有住所;
他们吃草,吃带荚的野生米;
他们穿衣,穿树上长的暖毛;
他们在烈日下性交,
他们射出的精子是黑色的;
他们之中有谁老了或病了,
会独自去沙漠躺下。 知道吗?
从来就无人想去看一眼
那躺下者的衰体病体及尸体。

2011年9月11日

在瑞典醒来

那小森林包围了那必死的老人,
海鸥在 Stockholm Scandic Hotel 窗前翻飞

最后一个清晨,2011 年 4 月 1 日——
一根闪光的皮带!

痛苦已失去了它的位置,阴云下……
街道、火车站、人与风……

我命定要从成都来,和孔夫子一道
在瑞典,走到哪儿,吃到哪儿……

2011 年 9 月 12 日

路易十六之死

> 1793年1月21日,在巴黎,路易十六的头颅滚入装着糠的筐里。
>
> ——题记

人总在寻找与自己命运相同的人。
路易十六临死前,亦不例外;在
书中(大量的),尤其在休谟写的
英国史里,他读到许多被废黜国王
的事迹。其中还真有一个被处死了。

剩下的日子已屈指可数,一天,他
对他的律师说:"我本着良心向你
发誓,我以一个要死的人向你发誓,
我一贯想的是人民的幸福,我从来
没有起过与人民为敌的念头。"接着

他仅提了一个要求(处死前),"再
宽限三天,我想自由地和妻子儿女
呆在一起。"但与家人见了一面后,
路易冷静下来,他在监室里不停地
踱着椎心的方步:"我决定不见他们了。"

受刑前夜，他居然睡得很稳，直到
清晨五点，被仆人(遵他嘱咐)唤醒。
吃完临终圣餐后，他把一枚指环、一
块图章、几根头发交给仆人并以镇静
的口气对来者说："我们走吧。"鼓声

早已在远方低沉地响起，兼杂隆隆的
炮声和嗡嗡的人声，路易登上了革命
广场的断头台，突然，他转向左边，
滔滔说道："我是无罪而死的，我宽恕
我的仇人；你们，不幸的百姓们……"

鼓声更加猛烈地敲击，盖过了他的声音。
三个行刑手有力地架起他。十点十分，
他三十九岁的生命结束了。"一个最善良
又最软弱的国王，经过了十六年半一心
谋求幸福的统治之后"被他的祖国斩首。

2011年9月19日

查理一世之死

旧历 1648 年 1 月 30 日,新历 1649 年 2 月 9 日,这一天,英国国王查理一世被处死。行刑前有几个细节特别令我难忘,随手整理如下:国王在黑布遮盖的断头台边作最后的短暂讲话。这时,有人用手触摸斩头的斧子,他匆匆说:"不要弄坏这把斧子,若是弄坏了,会使我多受痛苦。"当他快讲完时,有人走近斧子,他颤抖着说:"小心那把斧子,小心那把斧子!"接着一片寂静。他又戴上一顶小绸帽,对戴上面具的刽子手说:"我的头发碍么事?"刽子手鞠躬道:"请陛下把头发塞在小帽里。"他观看那杀头的砧板,说:"把砧板放牢了。"刽子手答:"先生,放牢了。"他站在那里默想了一会喃喃自语,举眼向天,跪下,把头放在砧板上。刽子手摸他的头发,再往他的小帽里塞进一些。国王以为他就要砍下来,说:"你等我的信号再下手。"刽子手答:"无论陛下几时给我信号,随陛下尊意,我愿等着。"不到一分钟,国王伸出两手,刽子手一斧下去就将国王的头砍掉。后来,当克伦威尔细察尸体并举起国王的首级时,他说:这是一个很结实的身躯,原有长命希望的。

2011 年 9 月 20 日

卷五
嘉靖皇帝的一生
(2011—2012)

谢谢契诃夫

契诃夫说:"书是音符,谈话才是歌。"
那我们就来谈谈吧。 还是用你的话:
"他吃苍蝇,而且说味道有点酸。"
真是奇特呀。 切肤。 也很令人震惊。
到了下午,我感到无聊透了。 正好,
又听到你"感冒了的声音"(对不起,
赫塔·米勒就是这样形容俄语的):
"蚜虫吃青草,锈吃铁,虚伪吃灵魂。"
我禁不住笑了。 谢谢你,契诃夫。

契诃夫的童年

我的童年是从冬天冷得发抖的黄昏开始的
当然也包括夏日的寂寥和成千上万的苍蝇
以及爸爸打过来的拳头、耳光与皮鞭……
"我小时候没有童年生活……"（契诃夫）
除了学校，就在爸爸开的杂货铺里干活。
铺子里的东西真是应有尽有啊（气味乱串
糖有煤油味、咖啡有青鱼味、米有蜡烛味）
鞋油、草鞋、鲱鱼；雪茄、笤帚、火柴
甜饼、果冻、茶叶；面粉、樟脑、香烟
橄榄油、葡萄干、捕鼠器……还没完：
通心粉、伏特加、喀山肥皂；对了，还有药
譬如治热病的"七兄弟血"（就着白酒喝）
"那么'巢房'呢？"（契诃夫对这种水银、
石油和硝酸合在一起的"毒"药很迷惑）
"等你长大了，你自然会知道……"（爸爸）
"喜鹊草"名字无杀气，也治热病（拌酒喝）
但"阿里亚克林斯基膏药"呢？ 却少人问津。
一次，一个警官不付钱就拿走一盒，说要治
他猎狗的疥疮。 一周后，在沸腾的集市上
我目睹了两句对话。 爸爸以讨好的声调问：
"您的那条狗怎么样？ 贴了膏药好了吗？"
"死了，"警官阴沉地说"它肚子里长了蛆……"

一个小农学家之死

她患了直肠癌,但仍埋头研究农业并热衷开会
(我曾说过,她母亲将她训练成一名小农学家)
问题真是多呀,井田制与封建制的辩论不休
良种、肥料、灌溉、农药、农具之讨论又起。
怎么办,怎么办,哪一个更迫切? 对了,还有
耕作制度及方法呢? 亚细亚生产方式呢?

终于,1982年晚春的某一天,她倒在了病床上;
临死前的一个下午,她突然想起她的中学时代,
那时,她每天下午都去打乒乓球;怪了,为何
我一打球就爱思考问题呢? 真是轻松呀,毫无
任何难题。 甚至那双拖鞋仍整齐地放在床下。
妈妈,我不想当农学家,我只想当医生……

嘉靖皇帝的一生

那"不死药"就是春药（铅丹和砒霜做成的小丸子），
我吃它已有三十多年了。 最近怒火烧胸，皮肤烦痒；
生死问题还没解决，我能否变成一个不死的人呢？

1524 年，我十七岁，曾记否，有一天黄昏星刚出现，
我仰望天空，产生了一种恐惧——我将死去。
我该做些什么呢？ 献身于道。 绝不是逻各斯（Logos）！

1540，我决定隐修，追求永生、精研告别的学问。
1545，为斩尽人气，国务和外交全由扶乩来应答。
1552，八百名少女（八至十四岁）围绕着我；第二年

命运的精密度又引来了一百八十个（十岁以下）少女。
陶道士说，在幽室用这银碗吃饭并与十四岁处女
（初潮刚过）性交，那阴中之阳当被你完美吸收。

1556，我开始渴望灵芝——使人成仙的植物。 远方。
1558，礼部采药去，在江山云深处寻得了 1860 株。
1560，我失眠了（一种中毒症状？），我彻夜工作。

1564，激动和抑郁交替，脑筋在坏死。 床上有桃子，
那是神仙递来的；天边外，总有令人遥想的东西……
1566，我想回去、回去、回去！ 回到我的出生地

——湖北钟祥县,我最后的生命力在那里。 初春:人们看到我哭了又笑了,人们也注定要看到我的死。1567年1月23日正午,我终于告别了我十七岁的恐惧。

乡 里

水生秀气,山吹白银
无风哪来浪。

下午,
人在吃奶
猪圈安静……

今日何日兮?

词的轶事

连坟墓亦老死了,那幽灵还年轻
愉悦,倜傥不已,始终靠在右边

以及厌烦之杂芜,古修辞之养生
以及媚人文来自骇人文。往下:

"多些,多些,再多些! 多一个
别的词语,便多一份别的欢乐。"

往下:在一间无意识的小屋,晚餐
时间近了。 快赌! 并变乱他的语言。

往下,他说他要研究家庭乌托邦
而她只想读 Van Ginneken 写的书
——《人类古语言类型的重铸》。

在网师园

不知为什么,在网师园,我会想到煤山
……

楼上的语文课已结束,临窗望:
糕点属于建筑艺术
美属于轻的枕头

意志倒很虚无,那沙沙声……
总不会是京城矗立的白杨吧。

夏日青春里只有一点精确:
在竹林中(没有二个梦)
那不停弯腰的日本游客

——右臂上的鲤鱼文身在流汗
当胸的菩萨也在流汗

某人在下楼,正说起
他腰间挂了一篇诗
以及毛巾,但忘了握粉笔

去,回家努力加餐饭
……

任那冒险史就是那勃起史
任那回忆无私,在网师园。

宣城,1975

> 中间小谢又清发。
> ——李白《宣州谢朓楼饯别校书叔云》

> 贞元年中,宣州忽大雷雨,一物坠地,猪首……
> ——段成式《酉阳杂俎前集卷之八》

是在宣城吗? 小谢的宣城——
"结构何迢递,旷望极高深"
的宣城,他的初恋
并非严肃、紧张。
(活泼呢,团结呢)

1975 年夏天,8 月 15 日暴雨后,
在宣城(紧靠备战米栈)
在一所猪栏的平台
在壮丽的日落面前
他脱下了她的裤子。

人　生

那是 1956 年，我正处于我的青春光景
我爱上了长跑、冲凉、喝白水；
很怪，我一眼就喜欢上了 Muriel Spark
我渴望读到她的每一本书。

有一次，当我读到："总是在日落之后，
那只蜘蛛才出来，并等待金星。"
（Elias Canetti）我惊呆了！
世界呀，竟还有另一个人。

从此，我复归平静的生活，并无什么
晚期风格，直到 2012 年——
一个偶然的黎明，我被一行诗喊醒：
"年轻时的快乐，总宜于被记住。"

关于威尼斯

> 这是缅怀往昔的梦想……
> 这是一串珊瑚石项链,
> 在水中的灵台上存放。
> ——Ivan Bunin《威尼斯》
>
> 它像三叉戟般的天蝎星座,高悬在
> 停奏后,微波荡漾的曼陀铃琴声上
> ——帕斯捷尔纳克《威尼斯》

关于威尼斯,我们又能说什么呢?
说人见人恨的"威尼斯商人"?
说 Ezra Pound 少女般归来?
说 Joseph Brodsky 那早已失去的
头发、牙齿、皮肤、骨头……

入梦即回家,远方的威尼斯——
老鼠不跑,荡起秋千,悠悠
而我们雾中的纤维,我们轻点。

那里,鱼像牧师,又像燕子;无猪;
那里,鱼水分别过自己的生活;

Eugenio Montale 刚对一个打字员

说了:"我想那是 1934,一个需要
游客和老情人的城市,
我们或许都太年轻又太陌生。"
关于威尼斯,是否时间机器作怪呢?
那钟响了七下,而实际上是八点。

在坟边

常常,不,每天,我逢着永恒的树和铁椅。

燕子带来夏日,蚊子带来夏日。 新坟
在语言上,一切都是新的,石碑、字
甚至那株苹果树也是新的。

阴天下午的风景明亮
显得新鲜极了

还有什么在到来——
鱼嘴的寂静。 手。 手。

当蚂蚁之手搬动一粒米
世界就失去了平衡。
在坟边

常常,不,每天,我逢着永恒的树和铁椅。

沃尔特·惠特曼(Walt Whitman)

在被剥夺了寂静的风中,
在美洲史的风中!
在电的风中!
木材射精。 腰肢滚热。 纽约年轻。

某人的胡须朝向北极。
某人的头陷入某人的双腿。
某人露出他唯一的阿波罗袖口。
某人的灯心绒肩膀被新月一弯消耗殆尽。

读　罢

人总觉得别人看上去老而自己不老
人又觉得别人都会死而自己不死

电话震惊,他从一本肉感小书抬头
有东西隔着眼皮一跳的距离闪过

回　忆（二）

森林展开了，1909、1978、1989……

在蓝得不像真的天空下，在岷江，在黑水河谷；
在白云山下，在明故宫前，在紫色的春夜！

索桥像秋千高悬，摇晃……
"我将忆起你，锡兰，忆起你的叶，你的果……"

我将忆起你，南京，忆起你的唇，你的大学的云南。

柏 林

说到柏林,我会想到矿冶学院
浓荫下的马路,跑步的人……
以及时间就是金钱之列宁。

1927年,我小心地在冰上走,
Pankow的冻苹果裹在羊毛毯里;
我不是五点走的,是下午四点;

"想想我在冷天漫步耗去的气力!"
想想"在德国,写作唯一的要求
是结论。"你就干脆忘了吧:

《单向街》中有关皱纹的那节。
尽管她的生活如此艰难!
尽管我的白发在这里带着静电。

与身体有关

开始是一把儿童玩具斧头
后来是一本赤脚医生手册

中年时他精研自己的气脉
犹如日本精研中国之地理

晚年他盯紧每寸饮食起居
犹如爱因斯坦盯紧小物理

说：他是他身体的唐太宗。
说：他是他科学的浑天仪。

礼记：月令

春：鱼上冰，獭祭鱼，鸿雁南来。 酸。
春：有木德，以脾为尊，吉祥数八。
春：王吃麦与羊，献鲟鱼于宗庙（为麦子）
春：王穿青衣，戴青玉，乘青马，展青旗。
春：春之祭，但不许以母畜祭。
（更不许妇女制作过分奇巧的物品）

夏：丝瓜生，蕹菜秀，蚯蚓出。 苦。
夏：有火德，以肺为尊，吉祥数七。
夏：王吃菽与鸭，献雏鸡、樱桃于宗庙。
夏：王穿红衣，戴红玉，乘红马，展红旗。
（百姓莫烧灰、晒布；君子莫露体、性急）
夏：蝉鸣唱，半夏来，木堇荣，鹿角脱。

注意：四时中间属土，开吃清淡食品。
死生分界由此始，养羞的群鸟在听：
温风初至，蟋蟀居壁，鹰乃学习，烂草为萤。
六月有土德，以心为尊，吉祥数五。 王吃谷与牛；穿黄衣，戴黄玉，乘黄马，展黄旗。

秋：盲风急，肃杀气，黄菊飘零。 辛。
秋：有金德，以肝为尊，吉祥数九。

秋：王吃麻与狗，又献鱼宗庙，无论肥瘠。
秋：王穿白衣，戴白玉，乘白马，展白旗。
（百姓存干菜，积柴米，忙交易）

冬：冰壮地裂，鹖旦不鸣，虎始交。 咸。
冬：有水德，以肾为尊，吉祥数六。
冬：王吃黍与猪，杀牲大量，日日大饮。
冬：王穿黑衣，戴黑玉，乘黑马，展黑旗。
冬蛰伏，勿揭盖，居深邃，禁声色。 冬藏：
关闭门窗，留心关卡，修缮要塞，细察丧事。
农事毕，农夫息，减轻妇女劳作。 重视钥匙。

张枣在图宾根

幻觉。 梨边风紧雪难晴么？ 幻觉：
"家住江南，又过了，清明寒食。"

这可不是幻觉，点火樱桃一枚：
韩国小商贩准时送来了辣椒泡菜。

大街无人，正午的火车站无人。
内卡河边的林荫道上无人。
前方的国际讲师楼无人。

无人，俄罗斯的手风琴在秋风里唱，
无人，汽车站一个老人在醉中演讲。

今晚，Paul Hoffmann 会来吗？
在荷尔德林的耳畔，我将朗读夏天：

住在德国，生活是枯燥的，尤其到了
冬末，我和自己交谈、和自己散步；
岂止幻觉？ 推开窗尽是森林的图宾根。

卷六

叶芝与张枣

(2012—2013)

过杭州

十月孟冬乃有小春天气，
我们在杭城穿越繁华：

猫儿桥畔魏大刀肉熟
钱塘门外宋五嫂鱼羹
南瓦子前吃张家元子
涌金门边河南菜灌肺

金子巷口遇傅官人刷牙
沙皮巷又逢孔八郎头巾
三桥街上走马姚家海鲜
李博士桥下观邓家金银

太平坊里坐郭四郎茶室。
南山路丰乐楼，吴梦窗
书莺啼序于壁，绕晴空
燕来晚，飞入西城开沽：

流香、凤泉、思堂春酒；
橙醋洗手蟹，紫苏虾儿。
烟柳画桥，风帘翠幕……
人生对此，可以酣高楼。

2012 年 8 月 17 日

南京,鸡鸣寺

（给胡适）

> 鸡鸣枕上,夜气方回……
>
> ——张岱

> ……鸡鸣寺的轩窗并开,对着玄武湖,摆起许多八仙桌供游人吃茶吃素面。（胡兰成《今生今世》,中国长安出版社,2013,第106页）

南京,1988年的鸡鸣寺,尽都是年轻的天涯。
因为简单吗？风乍起,石燕拂云,江豚吹浪；
我们才吃完了三碗五碗素面,一瓶二瓶山楂。

中央研究院？古生物研究所？到底谁在鸡鸣？
四十年前那个上午光景(9月23日)到底谁
在这里说：再寄希望于今后二十年、二百年。

注：1948年9月23日上午十时,"国立中央研究院成立二十周年纪念会暨第一次院士会议"在南京鸡鸣寺中研院（按：今为古生物研究所）礼堂举行。在会上,胡适发言道："……中央研究院不是学术界的养老院,所以一方面要鼓励后一辈,我们可以够得上作模范,继续工作,才不致使院士制度失败。第二,多收徒弟。今天我们院士

中，年纪最轻的有两位算学家，也是四十岁的人了。我想我们这一点经验方法已经成熟，可以鼓励后一代。再寄希望以后二十年，二百年，本院这种精神发扬光大起来。愿互相勉励。"胡适所说的年轻算学家一位是三十七岁的陈省身，一位是三十九岁的华罗庚。（参见岱峻：《民国衣冠：风雨中研院》，北京联合出版公司，2012，第3—4页）

2012年8月29日

旅欧见闻录

(为在欧洲的朝鲜女人而作)

是谁在芬兰的天空下浪游
并沉默地忆起了朝鲜的夏天
……?

1992,你每天都在露台上期待
平壤,那变化莫测的东方朝霞;
那热情的脚印将带来危险。

后来,在俄罗斯的乡村
在睡去的立陶宛
在雾沉沉的德国
……

我总是必然地,要遇见你
(甚至在 Karlstad 森林
也有你的泡菜、冷面和弯腰)
但谁又会注意到:

你越是向西,你就越是鼻腻鹅脂
而我越是痛苦,我的诗就越精致

2012 年 9 月 12 日

卞之琳逸事

> 上帝无偿地赠给我们第一句,而我们必须自己来写第二句,这第二句须与首句词尾同韵,而且无愧于它那神赐的"兄长"。为使第二句能同上帝的馈赠相媲美,就是用上全部经验和才能也不过分。(《瓦雷里全集》1,第482页)

1936年5月的一天,我写出了一句诗:
"种菊人为我在春天里培养秋天。"
之后,为什么我就写不下去了呢?

是因为这年译事繁忙,从粮食到窄门?
是因为我老站在一株青春的榆树下
却不会吸烟?(如果到了1943年

一切都将改变,那时我在昆明东山
一间林场小屋,边写小说,边抽烟,
从一天三支直抽到四十支)但也很可能:

是因为生涯羞涩,感情偏颇,难得翻脸?
是因为大多数国人是地图盲,而我不是?
回到源头吧:待我老去才能渐于声律细。

2012年9月27日

卞之琳逸事(二)

> 人海里洗一个风沙澡。
> ——卞之琳《向水库工程献礼》

1937,江南苦夏,我在雁荡山庙里译书
而赏心乐事呢,唯有在山涧洗澡、洗衣

1938,我突然远赴延安,为另一本新书
《慰劳信集》,也为在延河里洗澡、洗衣

1971或1972,我一生最惬意的事在河南
"五七干校,炎夏干了相当重的农活后
泡在豫东南村圩水里洗澡、洗衣……"

多少江河啊,让我错失泡过洗过的机会
恒河、泰晤士河、密西西比河、亚马逊?
遗憾里我想起我的朋友师陀说的一句话:

人的深情是莫测的,人的命运也是莫测的。

2012年9月30日

最 后

那从我身边走过的人,不久将死去
一个两个三个,百个千个万个……
悲伤吗? 我们笑起来的声音可是响极了

这就是生活,无论黑人、白人、黄人

某一天,1976,在重庆巴县龙凤公社
热腾腾的猪发出隆冬的咕噜声,最后!
"通过小哥哥的死发现了永恒",最后!

2012 年 10 月 15 日

叶芝与张枣

> 悲夫！川阅水以成川，水滔滔而日度。世阅人而为世，人冉冉而行暮。人何世而弗新，世何人之能故。
>
> ——陆机《叹逝赋》

1916年，2月，伦敦，我写下
渔人（Fisherman）：

>……在我年老之前
>我将为他写一首诗，
>一首也许像破晓一样
>寒冷而热烈的诗。

>("Before I am old
>I shall have written him one
>Poem maybe as cold
>And passionate as the dawn.")

后来，2010年，3月，图宾根：

只要有风从长沙来
只要有运动叫德国式散步

只要有雨落在歌乐山①

（哪怕银鱼泪眼一滴）

只要有鸟冲出望京②的喉咙

只要有树高飞于江南天

……

在谦卑与骄傲之间

在保守与激进之间

在和平与愤慨之间

在单纯与复杂之间

在 to be or not to be 之间

……

在两个极端之间，Yeats?

张枣？不，人人——

将走完他的一生。

2012年11月12日

---

① 歌乐山，位于重庆沙坪坝区，四川外语学院就在歌乐山下。
② 望京，属于北京的一个居住区，被公认为是整个亚洲面积最大的、所含人口最多最密的居住区。

树荫下

多年前的一个夏天,在那株巨大的黄葛树下,我在想着我的未来……我决定不学历史学,将来去学商科。

如今我早已过了耳顺之年,乐天知命,像白乐天?每当夜色添浓,树木消失,我就倍加怀念那古老的树荫。

一天,我又来到那株大树下,在学童们中间凝听朗诵:

>所有咆哮的河流湍急,
>都出自一个小小的针眼;
>未出生的事物,已消失的事物,
>从针眼中依然向前赶路。
>(W. B. Yeats《一个针眼》)

那是一个无风的夏日早晨,黄葛树也正好屏息谛听……石匠分开热浪;孩子们醉若史诗;花园,年复一年……

而我感到闷,我突然想:这人间为何屠夫仗义,文人负心?

2012年11月17日

张枣从威茨堡来信

>对于未来的诗人,我只是一个谜。
>——Ivan Bunin

>蛛丝一缕分明在,不是闲身看不清。
>——袁枚

>长的是磨难,短的是人生。
>——张爱玲

1987年4月我在威茨堡读闲书、散步
思考人生和哲学,怀念故国与朋友;
一个秘密,你懂!《叶芝自传》令我

整日销魂沉沦。5月1日我想到你,
莫怕,现在我就赠给你一句寓言:
你是一只青蛙,理应想青蛙的办法。

5月12日我又迎来了那美丽的正午,
(中午依然睡午觉,约一小时)
我在构思一首诗《楚王梦雨》。黄昏
我开始散步(如同午觉,亦来自故国)

"诗歌已多天未发生了,心急如焚。"
怎么办?我没有听众。怎么办!
我可不是幽灵,那他人则定是幽灵。
请再给我些时间吧,胜算在握的楚王。

2012年12月4日

铁笑:同赫塔·米勒游罗马尼亚(组诗选)

一

才见社会主义金钟柏,又识
红石竹党徽及效忠国家杉树。

天空橘灰、铁灰、钢盔! 砰
一声响天空落入吃饭的盘里。

箱子,在罗马尼亚是敏感词。
杏仁,在罗马尼亚是伤害词。

风,与己无关,让他者疼痛。
学校整编为波隆佩斯库机组。

吐出口水既作鞋油亦作武器;
而除夕夜的爆竹叫"犹太屁"

那男人的发型属政治学范畴。
那怕杀鸡的女人是无用之人。

二

任衣领去爱上他们的星期天,
"我哭了,鸡蛋在锅里打转"

生活我的姐妹？ 眼睛或耳朵？
不。 生活是吃的嘴，嗅的鼻；

是合作社的东西：土豆萝卜
瘦鱼、梅子树，甚至烂扫把。

对了，还有水泥，还有瓷砖
还有拖拉机黑轮胎做的拖鞋。

人人信迷信，人人成了诗人；
人人不耐烦，为小事而寻死。

（当然对你来说死是件小事）

死人愈多时间愈快。 好湿呀！
树老叶新齐奥塞斯库？ 铁托！

三

与其看他用冷脸写信而非手
不如看椴树下那件静静雨衣

与其说墓碑上的照片是热的
不如说牧师的热屁有苦胆味

"一道趁着还凉快的命令"
终归来得及，无论冬夏清晨

样样都是铁，连睡醒后枕边
被人剪下的一撮头发也含铁

擦来擦去的奶子若抹布，猪
边拱边哭，朝闻道夕死可矣？

而人做的最后一件事：等死。

四

东边人爱诉苦，动辄便抒情；
烦！ 玉米塞他一嘴，使安定。

精确的细节区分精确的人生，
等级制：香烟打火机圆珠笔。

苹果树下有个避难者在发抖，
他的命运只能是他的手写体。

贫困相同各人的故事则不同？

他杀马时，马一直死盯着他；
他恨杯子老不死，就摔碎它。

七

棒针编织，毛线上的马拉松
在继续，可总有什么东西要
阻止我们继续。 是你说的吗？

没有打断就没有继续，生命
在皮肤尽头之地随物件盛开：

柜子衣服书报毛巾台灯牙刷
一天又一天一代又一代继续！

但静止需呐喊,凝固应拆散?
那千头万绪的马拉松毛线呢?

到底是什么东西在阻止我们
继续! 是岁月,岁月,岁月……

八

> 假如生活欺骗了你
> ——普希金

眼睛在眨的时候也将
欺骗我(赫塔·米勒)

黑夜总是旧的而新的
白天又很难遇见解人

但我攫住了某些偶然。
想想吧,人,在世界

呼吸不是一口,很多
行走不是一步,很多
说话不是一句,很多
吃饭不是一勺,很多
抓拿不是一把,很多

所以,会有一个指甲
它很大,大于一粒沙

九

在吾国,人们挤入澡堂,不分亲疏

罗马尼亚有何讲究？ 一种施瓦本浴①
（家庭式）被赫塔·米勒写进小说

全家人依次进同一浴盆（不换水）：
1）母亲先给两岁儿子洗澡，完后
2）母亲从自己脖子搓下灰色面条
3）父亲从自己胸口搓下灰色面条
4）祖母从自己肩上搓下灰色面条
5）祖父从自己手肘搓下灰色面条

如今，这古老的浴盆洗法绝迹了吗
谁说的，连炉子都活着，而人死去。

十

整个东欧都要午睡，我岂能幸免
人总是够的，你死了，无人察觉

怪事多：蛇吞牛奶，女人变白头
突然，我在厨房被影子摸了奶子

晨昏，母亲在厕所呻吟，是便秘！
祖母们个个肚子下垂，表里如一；

村子像个大箱子，祖父在敲钉子
"锤击声把句子从我脸上撕走"

---

① "施瓦本浴"参见赫塔·米勒短篇小说集《低地》（江苏人民出版社，2010）第8—9页。 赫塔·米勒生长在罗马尼亚巴纳特施瓦本区的农村。 这里的村民大多数说德语。

闪电下,井水里荡起斧头之音乐
小表哥对准夜壶托起他白皙阴茎

而我的小便声听起来粗大,滑稽

十一

观"燕子在一场死刑上空孵蛋"
虱子抽动着,钻进人的热肉里

蜡烛嗅来如冰,走动的人是风……

鸟儿在猫嘴里挣扎,蜘蛛在逃
杀死的肥鸭高悬于天,刚会飞?

山羊舔墙上霉斑,鸡群追光跑
死猪冒着蒸汽,有一股玉米味

男人怒脚踢死狗,棒子砸老鼠
最恐怖的事:工作的蚂蚁无声

金龟子除了吃金子还能做什么?
热带鱼来不及感受游过了夏天。

十二

鸡血鸡心鸡肝鸡肠鸡爪很轻
冻得发紫的乳猪蹄髈亦很轻

我的东德呀,我的罗马尼亚
在冬天,肚子依旧是年轻的

而她的脸，雪与钢！ 硬得痛
她喝花茶上瘾，最后的花茶！

葬礼将在两小时后进行，那
苍蝇又飞来耳边听她的休息

马背上盖着薄毯，为防感冒。
当"整个国家都在下大暴雨"

当种族不同墓地的气味不同
他为避尴尬，望了一眼乌天

十三

不吃肉有何不妥呢？ 莫怕；
手冰凉但大腿暖和。 看吧：

> 他在摇摆，摇摆就是舞蹈。
> 她在转身，转身就是舞蹈
> 他在踩踏，踩踏就是舞蹈

守夜人亦说"人老了还会
有兴致看镜子里的裸体。"

捕风捉影看起来大不一样：

在斯图加特有个老人，边
打瞌睡，边看脱衣舞表演

看下去,看下去,看下去:
你口含黑夜,吐出了晴空

十六

在施瓦本,我穿过高高的飞廉抵达;
念兹在兹:不忘死亡的人才懂得活!

在施瓦本,人偏爱吃牛舌猪腰鸡腿
腌黄瓜核桃,疯甜杏仁,烧心李子

在施瓦本,母亲一冲动打嗝赛神仙
脾受惊,胃在吼,胆剧痛,腰酸软

在施瓦本,父亲铁气森严,鹅肝肥
我说:他的肝大得像赞美元首的歌。

在施瓦本,狗多猫多羊多猪多牛多
而闲人甚少(闲逛是一门古老职业)

在施瓦本,走私的妇女用下身夹金子
串门的妇女麻烦,她们在晴天尿多

十七

是契诃夫的万尼亚舅舅吗? 1945 年
"或许俄语的孤独就叫万尼亚"

水彩和肉曾是那样让你私下心惊
可幸福中我还不懂得恐惧和害羞

在那架呼吸秋千里,我才十七岁
悲惨敏捷,刚匹配上麦得草的银光

为何总是劳改营涌起乌拉尔河情怀
为何总是"水泥决定了我们的生活"

土豆,乌克兰,黑杨树;还有湘潭?
……这些词带来了鱼龙混杂的气味!

这些词带来了东欧甚至亚洲的命运!

2013年1月25日—2013年2月12日

胡兰成再说

我们总是离路很近,走上去,路活了
我们总是离风很近,迎上去,风来了

我们总是在空山听到声音,不可应答
我们总是在深夜听到声音,不可应答

你说梅归隐,马如龙;书是姿不是法
你说花是思的风韵,文章是永恒肉身

你说贱人习艺,而桃之夭夭只是个兴
你说衣食艰难,但周礼为世界开风景

2013年2月22日

在北碚凉亭①

——给张枣

一定是来自长沙的风穿过了凉亭
在北碚,在一个梨子的诗篇里
你的命运才得以如此平静

世界呀,风会从綦江吹来吗? 我
倒想它从合川的嘉陵江上吹来②

花开花落,种花者已死去多年
可春天总还是要多出一个正午③

当你用右手不停地缭绕着想念……
"一种瑞士的完美在其中到来。"④

2013年3月5日

---

① "北碚凉亭",指重庆市北碚区西南师范大学行政楼旁,那座小丘上的凉亭。 记得当时(1984—1986)我与张枣多次登临。
② 但愿风不要从穷凶极恶的綦江吹来,宁肯从合川吹来,因合川至北碚这一段嘉陵江水尤其秀美。
③ 张枣一直自称是一个"正午的"诗人。
④ 陈东飚译华莱士·史蒂文斯《最高虚构笔记》中一句"一种瑞士的完美在其中到来。"

一封来自 1983 年的情书

（为一对曾经的恋人而作）

有个声音在南京的消磨中
为何不是在柏林或者长沙？
有个声音在重庆的消磨中
为何不是三年，只有一天！

我们的 24 小时呀，亲爱的
每秒都有巨变。 我才 20 岁
记得吗？ 我们翻开了一页——
It is doomed! 在劫难逃！

歌乐山巅延绵着多少山巅……
我莫名地爱上了神的热泪
而你说你只爱我俩的登临
1983 年春，火车开往南京——

真会有一个灯泡等着，像
儿子吊在我们中间？① 多年后
我仍喜爱写信，但你已经
变了，你不再眺望；但有
另一个消息来自苍茫云海……

2013 年 3 月 8 日

---

① "真会有一个灯泡等着，像儿子吊在我们中间？"参见张枣诗《南京》。

难　忍

有何可惭愧的呢，无鱼
有何可遥望的呢，无鸟

少盐，那黄狗仍有泪痕
少风，那病人还在登临

大地缺树，景色难忍；
我们的心，我们的心呀

难忍。

难忍，童年为忘却的平淡
难忍，我喝下口渴的一生

2013年3月29日

胡兰成在日本

"花心水心女人心。"兰成,你说
这是日常的汉人生活……

风过水面,那风儿托起了微波,
陈辞……是吗? 陈辞……

调可游戏,旋律可让人不得解脱
而疑是信的跌宕自喜,顽皮。

政府大雅。 细民小雅。
猛暑——酷吏。 政治呢——游春。

南斗注生,北斗注死,兰成,
在东京,在清水,我们契阔谈宴

当你侧过身,以妩媚的左肩聆听!

2013年6月3日

某人的今生与来世

酒吃惊,酒压惊,不佞做人只有今生?
(佞不一定奸,但是一个漂亮相宜的人)

世间阔,知音少,1949,我还在温州亡命
夏天难熬呀,暑夜漫长,我写来纳凉诗:

    明月亦辛苦,瓯江有安澜。
    百年岂云短,急弦不可弹。
    且与邻妇话,灼灼双金环。
    小院风露下,助其收罗衫。

可能吗,2039年,另一个新的夏日
晨来薄阴欲雨,那漂亮的新亡命人呀

你在看另一个风露下的小院;晨风
吹拂着她的耳环,也吹拂着细绳上的罗衫

2013年6月6日

蕈油面后作
　　——因胡兰成而写

渡汉水离虹口,转杭州入瓯江
出亡是件大事,但也就一个包袱
一两金子,一个人(1945—1950)

亡命无论东西,越危险就越年轻。
身手不分古今,越果敢就越英俊。

而岁月惟惊于撒娇,惊于热恋,
惊于风,惊于秋冬,惊于陌路人

谁又会想到呢,2013年,虞山下
"有不速之客三人来,敬之则吉。"

当我们树里闻歌,枝中见舞,
出了破山寺,刚吃罢一碗蕈油面

2013年6月10日

褒 曼

这来自北方的狄亚娜只属于北方
属于破晓前的蓝雪
属于黑暗中的桦树
属于乌云下的波罗的海

是的,"在美国,人是永远不会死的"
是的,"机遇,容易得让人难以置信"

但我还是瑞典的女儿
我喜欢住在祖国的乡间
早起、读书、清理房屋
对了,还要给狗儿洗澡

这是我的样子吗? 等等
有一个人竟然说(忘了是谁):
"褒曼是波德莱尔式的。"
……

我"看着运河,枕着小舟,浪迹江湖"
我的老年,我的舞台,我的命数……

是的,我老了的脸上带着少女的笑容;
是的,就这样,我的形象一下子就出来了。

2013年6月23日

夏日读杜拉斯

玛格丽特在厨房缝衣服
天花板上吊着一个灯泡

书是黎明,日记是黑夜
她越特别,其实越普通

怎么还是无用?但有时
一杯茶而非酒就会革命

浴缸是具白色的小棺材
自由童年则是贫穷童年

有人强大到自杀
有人卑贱至傲慢
有人忧伤如阶级

人平庸,人写作,人耻辱
夏天,生活的幻觉,令你害怕?

2013年6月25日

小职员的一生

二十年前,在繁华的上海
我还是一个邮局的小职员

誊抄外便用胶水粘牢卷宗
伏案很好,细琐安静
尤其是我的痔疮乐于常坐

后来,我去了高邮闲居:

双黄鸭蛋,界首茶干,
三套鸭,秦邮董糖……
生活让岁月悠然慢了下来

雨天一过,又是大晴天
缸里的金鱼看上去真舒服呀

我的痔疮消失却感到了空虚

2013年6月29日

鱼　缘

有时候饱食观鱼不在花港
宋朝以后无人再吃龙团茶

有时候鱼在灯前挥发银光
风不停地从石头里面吹出

有时候我看那鱼眼像猪眼
中风人身体就突然变崭新

有时候鱼群如猪群挤一堆
留不住，江东小，有大道！

2013年7月18日

革命要诗与学问

> 革命行动是《诗经》的所谓兴。（胡兰成）
> 若是没有了革命，就没有学问。（孙中山）

一、

燕之北，越之南，人在银河里？
人也在南京，石婆婆巷里——

一株古树下，行坐之美——太极！

二、

革命之仪表，宾至如归，在台湾

你说：男人是光，女人是颜色
你说：女心深邃，男人知之不尽……

三、

一种美，五常如数学，王气杂兵气
一种美，我不是宋儒，是六朝荡子

日面佛，月面佛，人间有嵊县的戴笠

2013年8月4日

南非往事

——因读《雅各·库切之讲述》而作

水面,南非,亚热带落日
一盏马灯,两条毯子……
霍屯督人在游泳……

乌紫的龟头闲着
阴茎悬垂,三寸四寸五寸
避水! 扎紧那包皮!

荷兰人的臀部会长癌吗?
肿胀呀,它的原子成分?

手指轻抚,一阵瘙痒……
红木波浪,舒适的夏日
柳荫下,炸蚂蚁。

羊肠围巾缠绕着脖子
在南非,我们岂缺过
烟草,白兰地,大象的心。

2013 年 8 月 19 日

Ada 和 Van：一种俄罗斯之爱

天才总是年轻的，夏天的；
需要九十年才能看清：

  他们性爱的特性
  以一种极具独特的方式
  影响了两个人漫长的一生

她。亿万个男孩。（Nabokov）
亿万年时间之后，

突然

在一株斯里兰卡的苹果树下
丝绸膏雨中断，柏油发亮

  真的是自然史！
  他正值十四岁半。

血气方刚是破晓前的金星！
是维纳斯嵌进了他的肉体！

注: 诗中楷体文字部分引自纳博科夫《爱达或爱欲：一部家族纪事》，韦清琦译，上海文艺出版社，2013，第66页—70页。

2013年12月5日

唇

唇,那围绕着一个孔洞的两片肉褶
(Nabokov)从粉红到乌黑;

神秘的伤口(来自云南)——
用于吃、用于吸、用于舔、用于说
也用于生育(除了某人的美利坚)……

有一次那舌头有糖浆,为什么?
下午,那手腕的力量压下,为什么?

南京,已来到她的亲吻期;八周,始于初春的黑夜

但(1989,不,1958!)

> 有一本挺厚的小型俄语百科全书只关注 gu-ba(唇)的如下意义:位于古利亚斯加或某北极海湾的一座地区法庭。

注: 诗中楷体文字部分引自纳博科夫《爱达或爱欲:一部家族纪事》韦清琦译,上海文艺出版社,2013,第94页。

扩展阅读: 写完此诗不久,突然读到舒丹丹翻译的梅·斯温逊(May Swenson,1919—1989)的一首诗《基本意符》,急录来开头与结尾:

一张嘴。能够吹奏或呼吸，
可以是一个漏斗，或一声你好。
一片草叶或一个伤口。

……

一片草叶或一个伤口
伴着一张嘴。
张开？张开。闭上？闭上。

2013年12月6日

卷七
一种相遇
(2014)

河 南

还找什么呢,河南? 她身上一天到晚就带着一个

乡村? 她浑身都有,南瓜呀,茄子呀,姜呀,蒜呀……
甚至半截黄得发黑的矮墙,肥腴多灰的柿子树,公羊……
贫困闲闲,随便走走,又让我们翻开书读一小段吧:

> 一个女人抱着一只灰鹅。她睡着了,鹅在她
> 怀中还嘎嘎叫唤了一会儿。然后它把脖子往翅膀
> 上一搁,也睡了。

可这世上总有什么东西含着泪,一去不复返了,无影也无
踪了……

注:诗中楷体部分出自赫塔·米勒著,钟慧娟译:《心兽》,江苏人民出版社,2010,第40页。

2014年2月4日

当你老了

往昔的桉树,尿槽,我初中时代的木床,
我不止一次写到;1971年隆冬的精液呀
真的,体内奔腾着多少埋名勃发的深河!

后来,一切都太慢了,生与死,这一对
神秘的珍宝(惠特曼或许破解了它)可
孩子们对它已失去了耐心,请原谅他们。

当你老了,你对我谈起塞内加尔,那里
过街人无论男女,总有一种童年的幸福
而垂死人终将明白,只有不死才是危险。

2014年2月8日

一种相遇

一亿年后,你总算等到了一个人,我
(又被谁指使),要来歌唱你无人识得的一生;

活着的时候,你总感觉自己年轻,死是别人的事情:
可能吗,我一个新安江的农民会像谢灵运那样被斩首?

惊回头,安静下来,翻开书,我们一块来读博尔赫斯:
"今年夏天,我将五十岁了,死亡消磨着我,永不停息。"

或者,唉,怎么说呢,"……但愿我生来就已死去。"

因为风不仅仅在寻找树,它也在寻找弄堂与铁桥……
寻找银马上的骑手;风过耳,那死神一眼就把他从风马
中选出。

2014年2月8日

回 忆(三)
——赠杨键

她怕旷野，怕电梯，怕正午蜻蜓的翅羽声声
怕一本书唯读了一半，小小的乙鹤丸，失眠……

他的背影是她舒适的黑夜，波浪般凉快的枕头
鱼儿已睡去，那把精致的小锯子还有何用？

蒲宁的冬天真像安徽呀，画苑牌香烟宜于隆冬
回忆……琥珀没有潮湿，鼻子的学问深似大海

回忆，儿子式温柔的回忆，在马鞍山一间家庭佛堂

2014年2月14日

致吕祥
——从宝应到新西兰

水边瓦屋,半山人家,春鱼如墨,这可不是一笔……
"酒楼青旗,歌板红牙",宝应何来烽火扬州路的气场?

潇湘凉意思,总是……天河吹来了楚台风,总是……
同样的黄昏灯儿,吾友小吕,你那边惠灵顿夏鱼银亮。

人命毕竟消磨去,神仙终须闲人做,陆游还是少游?
北岛还是南岛?① 新西兰——人类最后的天堂!

这是一闪呀! 我的祖国! 在一个春雨潇潇的黑夜
那培训楼前一架披着雨衣的自行车突然吓了我一跳。

2014 年 3 月 3 日

---

① 新西兰由两大板块构成,即人们通常说的北岛和南岛。

南　京(二)

星星白发，触事感怀，南京，
夜里的光总是那么古老暗淡；
椴树失踪，梧桐当道，雪松
铁硬，唯梅花惊变为梅花党

很快，就没有人知道你们了。
生活继续，莺飞草长，春天
住在这里的一对新年轻夫妇
同样会在这株樱花树下饮茶

南京，梅花党活着，不如说
重庆，一双绣花鞋，也活着；
童年真散步于嘉陵江大桥吗？
心呀，刚飞过南京长江大桥

事越虚幻，思越沉湎，南京，
长路在最后一天总显得太短；
可从童卫路到栖霞寺，张鸣
登上阳台，用了一生的时间

2014年3月9日

南 京(三)

每每初夏,你的头发稀疏多油
从中我认出了你母亲的神经质

并非一定在波兰,也在南京:
"……我们出生时毫无经验,
我们死时也总是感到陌生。"①

何谓祥云? 那金色的或蓝色的
黎明,我看见的却是铁云一束

走出去,随便逛逛、看看……
满耳的鸡鸣寺,满嘴的玄武湖
满眼的夫子庙,满胸的中山陵

最后是什么东西使我们分手了呢?
是岁月,岁月,那一笔雕凿的岁月。②

2014年3月30日

———————

　　① "……我们出生时毫无经验,我们死时也总是感到陌生"是波兰诗人辛波斯卡的诗句,出自其《任何事物都不会再次发生》。
　　② "一笔雕凿"（一比吊糟）是南京土话,必须用南京话来读；意思,百度一下,你就知道。

锅炉工

年轻真好，不仅可以当教授，
也可以当水电工，甚至搬运工；
我却更乐意当农学院的锅炉工，
这样我白天读古书，黄昏上班。

室外三言二拍，铲煤是一种运动
"心铲在手中就成了秋千"如同
"呼吸秋千"优雅地摇摆起伏
但别站在树的影子里，那是找死

劳动，人铲合一之"双人滑"
劳动，不必在人海里洗风沙澡
劳动，岁月的音乐只面朝孤独

不要华尔兹要击剑之姿。 低声问：
真的是乡间寂静造成你的耳聋吗
让纯粹的痛去掉那等级制的悲哀。

注： 诗中相关意象参见赫塔·米勒《呼吸秋千》，江苏人民出版社，2010，第73—75页。

2014年4月8日

东坡翁二三事

三更天气，顾影吃酒，东坡翁若有所思而无所思。

黄州，1083 年 10 月 12 日，与张怀民夜游承天寺
何夜无月，何处无竹柏，但少闲人如吾两人者耳

满空疏星，儿子睡去；大海危险！ 我念念有词：
"天未丧斯文，吾辈必济！"吉祥天果然行云

我笑那钓鱼人韩退之，不知走海者未必得大鱼也。
我笑那平淡者，不识真平淡，平淡乃绚烂之极也！

2014 年 4 月 10 日

越州晨起

越州天气,风轻日永,江山细秀
而昔贤往矣,天下事难免寂寞……

晨起
乡人动手动脚,勤勤恳恳,藏道畜德
隐于耕垄、钓濑、屠市、医卜、鱼盐

晨起
那小浪人从容,在诸暨客舍朗读陆佃:
"水转挹转清,山转望转碧"……

晨起
我想念千里之外,唐庚之《斗茶记》
一碗明前茶最宜于雨纷纷之清明时节

2014年4月11日

迎 面

我看不到她的鼻子,只看到两个洞孔。
别着急,中午,我闻到了好闻的炒青椒。

伊万·蒲宁是世上最懂艳遇的人,在巴黎
生活真长,"我现在觉得自己只有二十岁"。

那放在台阶上的挎包远看似一条小狗哩。
你的书不也是在茫茫人海中寻找某个人吗?

2014 年 4 月 20 日

海 子

双飞燕在春空里,早行人在春山外;
王在写诗吗? 海子,王在细雨中归来

为何春心,无冬心;为何悲秋,无悲夏
海子!"行乐直须年少,尊前看取衰翁"

2014年5月13日

人生如寄

燕子西泠,南商北旅,春在天涯
游戏合纵连横,杭州阿里巴巴

如果兵在德语中是农民,怎么办?
那就再生一个日本,继续脱亚入欧。

今朝上海,瑞典使馆,梨云一疑云
问谁料理新诗? 准备绝对伏特加!

"郴江幸自绕郴山"……不是秦观
是掏粪工刘同珍,在济南,人生如寄。

2014年6月11日

回忆张枣

有一天你将忆吴云越水,柳桥月小
也忆蓝空下,岷江上的铁索桥

少年游,威茨堡①的黑夜呀……
少年游,历历晴川,长沙娟娟!②

我知道那坐冷的人也是坐新的人
空调能开高一点点吗,达玛?③

达玛!④

销魂人,今是张枣,古是柳梦梅
过桥人,过独木桥,也过断魂桥

2014年6月17日

---

① 威茨堡,是张枣到德国读书的第一站——威茨堡大学。
② 娟娟,张枣当年在长沙湖南师范学院读书时的初恋女友。
③ "空调能开高一点点吗,达玛?"是张枣在对达玛说话。张枣很怕冷,而达玛觉得空调温度已经合适了。
④ 达玛,德国美女,张枣的导师、母亲、恋人,也是他第一任妻子。

双鱼消息

南京长干里,午间有乒乓
——小长干接大长干①

空江春浪,楼边单车
那书生策进,商女后庭

上楼下楼,离别草草
燕语花无语,风语人无语。

想想,
足球运动员总有股感伤力量

想想,
上海,中国岳父皆美如少女。

2014年6月19日

---

① "小长干接大长干"见朱彝尊《卖花声·雨花台》。

在尘世

亭子——黑夜里飞了起来——多么惊恐
那时,我们已不在了,只余声音留存
那时,我们又会是什么呢? 去了何方?

灯光腼腆,人将饮茶,曙色悸动……
我想起一个人,十年前,我的左手边

莫蔫气,那人,你怎么可能孤单呢?
在尘世,无论芬芳,还是粪肥
——每一秒钟都注定刺激着你的鼻息!

上街,你总感觉是第一次外出,为什么?

活在人群里,我分辨不出我,在尘世
——巴黎手风琴,罗斯手风琴,中国手风琴

比利时! 你在哪儿啊? 在成都玉林吗? 在尘世
……

2014年6月20日

年少是一种幸运

1998年春天的一个下午,接到萧瞳电话,约我去都江堰宝瓶口看风景,他说同去的还有文迪、瞿颐、曾芳等人。

年少是一种幸运,不是我
青春是一种幸运,不是我

邮电,没有?我不会写作
磨难,没有?我不会宽恕

下午,为何总是下午……
1956,我提前作别了幸福

岁月中的天赋,从天而降
我只取走我那份,奔向前程①

是寒冷造就了一位诗人吗②
可能是谎言训练出一位诗人

---

① "岁月中的天赋,从天而降,我只取走我那份,奔向前程"出自马鸣谦翻译奥登《战争时期》第一首开篇二句:"自岁月中,那些天赋倾撒而下,每个取走一份,立刻各奔它的前程"。

② "寒冷造就了一位诗人"和"诗歌是一种特殊的耳疾",见马鸣谦翻译奥登的《兰波》。

诗歌是一种特殊的耳疾?
如果诗歌是一种日常谈疗①呢?

那就让我们在北碚的夜色里
说话,直到黎明爱上了长沙

直到天爱上鸟儿,懒管愁人。

2014 年 6 月 29 日

---

① 谈疗,即 talking cure

悬 念

多么令人难以忍受的悬念:
"世界是空的,玩偶是锯末填的。"

8世纪的茶杯垫好看——江风引雨入舟凉①
19世纪的灯垫好看——小光棍的婵娟!②

2014年7月16日

---

① "江风引雨入舟凉",典出王昌龄诗《送魏二》。
② "小光棍的婵娟!"来源如下:"我知道一只飞快的织梭——我知道一种神奇的礼物——生命之灯的灯垫——小光棍的婵娟!"(《狄金森全集》卷四,蒲隆译,上海译文出版社,2014,第52页)

家

  家像大千世界一样地运转,人一个接一个地离去……①

为什么总是蓝眼睛的人类要背井离乡?
为什么总有一位奶妈来自梁赞而非梁平?

说苹果很小,说心很小,说鼠标很小……
说天下安澜,比屋可封!② 说我们的告别始于童年……

2014 年 7 月 16 日

---

  ① "家像大千世界一样地运转,人一个接一个地离去……"(《狄金森全集》卷四,蒲隆译,上海译文出版社,2014,第 81 页)
  ② "天下安澜,比屋可封",典出《文选·王褒〈四子讲德论〉》。

我这一生便没有虚度……

夏天宜于消磨呀,有个叫钟鸣的人成天抱怨:
我的一生,从未遇见过一位温和的女人……

王家新:我没有变,
只是有时在念出敌人的名字时,我有些犹豫……

("中午有太古之感?午夜必须是——何物!")
人!所有日子中,总有一个不得不死的日子——

那就略受一点苦,但不可太苦,像 Emily 那样
终其一生,成为一个陌生人,我这一生便没有虚度……

2014 年 7 月 28 日

纪念永恒
——献给我的舅舅杨嘉格

五十年前,我的舅舅带我去重庆一个电工家吃过一顿午饭,那电工仪表含蓄,炒的京酱肉丝令我终生难忘;在那个炎夏的正午,我甚至立刻改变了我对重庆酷暑的印象。

那是临江门里千门万户中的一户
——一个电工之家,顶楼,正午

重庆的夏天风凉,因一盘青椒吗?
因一盘松花皮蛋!一盘京酱肉丝!

厨师因某个梦发明了这个现实——①
电工!——你正是那永恒的厨师!

重庆的夏天风凉,因我们三人的午餐
——我十岁,舅舅四十,电工三十;
因多年后几人相忆在江楼②,无酒便不眺望。

2014年8月14日

---

① "厨师因某个梦发明了这个现实",见张枣诗歌《厨师》。
② "几人相忆在江楼",见唐代诗人罗邺(825—?)《雁二首》及丰子恺(1898年11月9日—1975年9月15日)画作。

回忆玛丽·安，兼忆蜜谢依娜①
——和布莱希特

高天亮蓝，Pankow② 入秋
布莱希特在一株李树下回忆：

玛丽·安，吾爱；我的生活
我们的生活，别人的生活……

有何秘密呢？ 人，转瞬即逝
宛如那朵云数分钟后便消失③

在柏林，让我想想，十七年前
蜜谢依娜，你还记得那晚吗，
你第一次来听我朗诵夏天……

幸好，那风神是一头金发，如你！
幸好，并非只有亲爱的领导
不眠听电台，因风恨西德……

2014 年 8 月 17 日

---

① 本诗题目前一半取自布莱希特（Bertolt Brecht）一首诗的题目：Remembering Marie A 。
② Pankow，地名，位于东柏林。
③ "宛如那朵云数分钟后便消失"，化脱自 Remembering Marie A（《回忆玛丽·安》）中一句：And yet that cloud had only bloomed for minutes 。

一挥而就(组诗九首)
——赠陈东东、梁小曼

想起一位诗人

山头风姨(风神)至,树下石燕飞。
你知道蒟蒻吗? 它可是魔芋的别名。
我知道佛生四月,毛虫出嫁……
我知道一株浓荫里,她在喂乌龟。

众树之中,唯"青冈"发音决绝。
呢喃——南京——唐为民——
"我病中的水果";"秋天的戏剧"
……

那舞在敖德萨的诗人,能听见什么呢?
听见泥泞夜莺,听见葡萄死于果子而活于酒。

2014年9月4日

吃　事

他是一个有古风的南充人,他不吃葱但吃猪肝面。
他是一个有古风的广州人,他吃鹅但不吃红辣椒。

他是个作家,他饿,他吃过煤,他得了诺贝尔文学奖。

在抚顺,雷锋曾为想吃炊事班剩下的一块锅巴而生气、内疚、忏悔……

在潭州,我与其说是不忘杜甫,莫如说是不忘肉汁、肉冻、肉丸、肉肠……

2014 年 9 月 4 日

煞是好看

那结扎香肠的细绳阴暗得油浸浸的,煞是好看。
那昆山燠灶面一碗,在清晨,煞是好看……

那双马童(《梨俱吠陀》中一对兄弟神)煞是好看
——风是双马童的蜜,蜜是双马童的爱。

马雅可夫斯基的阴天巨眼和电流铁思,煞是好看

白鹿渡海,黑鸟越江,大象在水底跑,鱼飞了起来,煞是好看。

2014 年 9 月 4 日

爱别人是为了爱自己

日本,"公司里的人六月有六月的可喜"。
英国,冬天的快乐总有一点惋惜(因为舒适)

什么,连美国的雨点也比中国重?

那俄罗斯呢,"马什么时候睡觉,怎样睡觉"?
那肛门是排泄物的归宿,爱别人是为了爱自己。

2014年9月4日

憾　事

"唉,我的孩子,送柠檬给想要橘子的人有什么用呢?"
唉,春天苹果树或梨树上的点点白花是失恋者自杀前的凶兆。

1950年,美国飞机常来东德上空,投掷一种害虫——马铃薯甲虫。
1953年,成都八里庄货运站一处厕所贴有一张纸:偷粪是可耻的。

2014年9月4日

邮政绿

智慧与懒惰有关,但不等于懒惰。
鸟为飞而活,人躺下就不想起来。
何以见得他是个欢喜吃牛肉的人?
是因为他那同字脸,酱黄皮色吗?

——黄脸油浸,黑脸乌金,白脸
男人,未必毛多情深,毛少义薄。

孤灯与其说是亮着的，不如说是睡着的。
我的童年有什么呢！邮政绿、邮政绿、邮政绿！

2014 年 9 月 4 日

马奶酒治肺病是俄罗斯的事

鸡脚是凉的，死鸡很重
铲子是凉的，铲土很重

衣服是凉的，湿了很重
西瓜是凉的，浮起很重

春蚕的气味在风里茫然
闲人因性急才注意细节：

卖蛋人为买者用灯泡照蛋
荡子行不归，志士玩易经

还用问吗，日瓦戈医生？
马奶酒治肺病是俄罗斯的事。

2014 年 9 月 4 日

在重庆

在重庆，云在天，水在瓶，风在吹，鸟在飞……
泥巴、保坎、棒棒（coolie），（抓饭吃的）血盆。

热肉相凑——"酒窝是因皮肤连着肉而形成的。"
几何！ 皮肤磨旧了衣服吗？ 还是外物磨旧了它？

由于人人死期难料，你一生莫如就做成一件事：
每顿饭前，摆好那双圆形筷子，使之不要滚动。

2014年9月4日

诗意是这样产生的

诗意是这样产生的，夏天——旧书——童年——人生不老。

为此，有个军长哭了，他信佛，也吃猪肉白菜豆腐。
为此，印度人在烧尸体的地方种下树木。

而家庭天生的志向是一种兽性。 杜拉斯一生最想的是杀人。
而"一个真正的读者，从本质上说是很年轻的。……"

果戈理死后还在沉思什么呢：乌克兰的夜晚是什么样子？
鱼！ 害怕雷雨，害怕地震前隐隐抖颤的寂静，害怕声音。

说明：这九首诗是我今日凌晨五点至九点半左右完成的；午后，突然想到了用"一挥而就"这个题目总领各首，同时，几乎是一瞬间，便想到了题赠给陈东东。 为此，专门说明如下：这组诗并非内容，而是"一挥而就"这个姿态，适合我题赠的对象。

2014年9月4日

论 美

美的水果,除了苹果,还能是什么呢?
还能是香蕉,梨,桃子,但绝不是西瓜。

有幽气的人,轻轻跳起,擦过水面——
美,在宋朝;十七世纪后的美是不自然的。

(华堂旅会,闲庭独坐,只为听柳七说书。
王月生好茶不笑,毁了多少人的金陵春梦)

美是错过的事:我只在夏日,你总在春夜。
美没有想到,那慢腾腾的人竟是个乱来的人。

2014年9月7日

清晨,想起撒娇派

带鸭舌帽的上海男人是否需要一个阴茎保暖套?
学习速记的人呢,难道就不能像诗人那样撒娇?

对于重庆画家来说,防汗鞋垫比防汗衬垫更重要!
对于耶利内克来说,"纳粹雪"是"燃烧着的卡桑德拉"。

这时,他刚好把他的黄脸伸进门里;问一声:吃了没有?
这时"德国女郎的身体看起来好像是由大理石和火构成的"。

2014 年 9 月 12 日

水果杂说

西瓜大如年。 香蕉长如夜。
广柑是一种怀旧的水果
——我的母亲，我的童年。
樱桃，多么现代。 橘子呢
宜于冬天重庆的火塘边边。
菠萝蜜——佛陀的心经啊！
南宋临安柚子。 木瓜台湾。
柠檬是少女之心吗？ 甘蔗
弟弟。 猕猴桃爱上了新西兰。
盛大夏日出自中国枇杷么？
柿子选郑州。 草莓定英国。
火龙果渡海。 芒果柬埔寨。
榴莲苦月亮可与波兰无关。
李子巴县记。 枣子长沙红。
橄榄古生物。 椰子穷人的奶。
杨梅午后，重庆人民大礼堂。
荔枝，难吃。 梨子，优雅。
葡萄美酒夜光杯。 唉，苹果
我的神！ 桃子早开始西游了。
山楂呢，它真的属于俄国吗？

2014年9月21日

微物之神

破镜半圆,夫妇一边各执①
萤火点点,车胤聚之照书②

东柏林,惊白发三千一根
嘉陵江,掬源头活水一滴

当是微物敢齐肩③么? 王维
不。 是微物之神④,在印度

2014年10月6日

---

① 参见《神异经》破镜与飞鹊的故事。
② 参见《晋书·车胤传》,车胤萤火夜读的故事。
③ "微物敢齐肩",见王维十八岁写的诗《哭祖六自虚》。
④ "微物之神",印度作家阿兰达蒂所著的一本小说的书名。

秋来组诗

汉人生活经

读春曙抄,知吃草鱼宜于夏日。
写寿命经,知吃洋葱宜于冬天。
观积善寺,晓吃稀饭宜于咸菜。
游水井坊,晓吃油条宜于豆浆。

雪天高地杀鹅,秋风板上宰鸭,
春雨霏霏杀猪,赤日炎炎宰牛。
在人间,并非只有光寂禅师才
眼似木突,口如扁担,无问精粗。
并非一一毛中,皆有无边狮子;
无边狮子,皆入一一毛中。

2014 年 10 月 8 日

常　识

风伤喉咙,雾害关节,注意感冒!
无人关心身后事,又有何不妥?

屁股少肉,莫骑快马,谨防摔倒。

举目无亲,何以解忧,立即惹事。

"不要张嘴——风大。 嘴闭紧了"
某贱人命再硬,睡觉仍忌朝东方。
鹤发童颜者得道成仙了吗? 老了而已。

2014年10月8日

人生的故事

人生的故事,也不必读完,
要能突然分手,不动感情,
　　　　　(欧根·奥涅金)

落叶如鱼,夜叉含烟……
那燕子尾巴飘火,低飞于
偏离异托邦边缘的养老院

有个人一月不梳头,学老杜?
有杯酒,他便百年浑得醉……

凄凄去亲爱,森林可怕吗?
你带着黄昏森林空气走进来
我深深吸进一口,舒服极了

浪费发着抖,在养老院之外
我们一个劲儿地结婚成家——

远离医疗工作的鸡眼。俞铭传!

可太少人懂得悲痛是一种智慧
没有了老树的城市,爱就失去

2014年10月8日

中日小札

余春,我们会想到
中国人有余,因此随便
日本人无余,因此认真
而台湾湿热,瞌睡多……

晚冬,我们会忆起
火车到站,轮船抵港
都发出一种哀意的声音
那是因为旅途结束了?

初夏夜,周作人在译诗
日本的夏天是怎样的呢
犹如苦竹,竹细节密
顷刻之间,随即天明

而深秋夜,当林黛玉说
人有吉凶事,不在鸟声中
龚自珍便成为自己的知己:
江左晨星一炬存,鱼龙光怪百千吞。

2014年10月9日

论异同

同一件衣服,因不同的人穿它,而显出不同的命相
同样是性交,"白日性交是消耗。夜晚性交是梵行。"

同样的树木,日本的树木多为小叶子,中国乃大叶。
同样的汉人,宁波人漂亮的多,"我想是沿海史前人种学关系"(张爱玲)

同样作诗人,冯雪峰偏爱小诗却吃大肉;袁水拍唱着祖国歌,拉起手风琴
是的,多肉的方形指头适于弹琴,并非十指尖尖。而美是空的,从不多肉

2014 年 10 月 9 日

诗歌编辑

"既然赋予你声音,诗人,其余的——该统统舍弃"
(茨维塔耶娃)
听,金克木已开口道:"年华像猪血样的暗紫了!"
朱湘之《白》呢,"白的衣衫,白的圆肩膀,你们多么可爱!"

冯乃超有间谍之美? 他低声对我讲外白渡桥有一副钢铁骨骼。
沈从文一离开湘西,便爱上了"舞若凌风一对奶子微

微翘……"
谢谢穆木天,从你的诗里我只记住了十六个鬼,这就够了。

"皮革纵队,哔叽纵队,绸缎纵队"……(俞铭传《拍卖行》)
"但我们凭借正义,穿起了短裤……"(王佐良《诗两首》)
冬的奇境,岂止人疯?"茶色发起疯来了"!(徐迟《夏之茶舞》)

2014 年 10 月 9 日

偶想起

那提琴令我偶想起那提琴手……
因为年轻,因为不死,因为害羞,因为皮肤白,唇癌,不好……

那衰老令我思念起那衰老人……
他风起头发,电生皮肤,作为副书记,文章无光阴之感,不好……

2014 年 10 月 9 日

致林克

在成都,花园悠闲但很难古老
我们用鸡汁锅贴与花生米下酒
不是面包,更不是洋葱、土豆。
橘子的气味真是好闻呀,透来
一股童年的暮色,镜子——冬意
纸箱打开,怎么会有饼干味道?

香的总是年轻的,我见过多少
崭新的酸奶青年迎风跑过严寒
……香的也是老的,我见过多少
翻译家直喝到年高德劭的尽头

安身处已给淡泊之人准备停当①
可谁说孩子们就一定喜欢童话
神秘的钥匙只为开门吗? 请听:
灯光并不只为了照亮,也为了消失

2014 年 10 月 20 日

---

① "安身处已给淡泊之人准备停当",见林克翻译的《特拉克尔全集》之《林边的角落》,重庆大学出版社,2014,第48页。

游戏诗

森林有一种宜于男人的单调
大海有一种宜于女人的狂喜
对称性之于相对性，卞之琳

难道只有圆眼人欢喜吃面条？
难道只有少思人爱上游乐场？
菜田里怎么会有一股牛奶香？

黑夜—爱情—南京—呼吸—人生
和平即踏实，话（不是气味）
才多了起来……桤木王图尼埃：①

中国真有桤木树吗？ 当然！
四川桤木、贵州桤木、江南桤木……②

2014 年 10 月 20 日

---

① "桤木王图尼埃"，指法国作家图尼埃（Michel Tournier）写的一本小说《桤木王》。

② 宋祁《益部方物记》："桤木蜀所宜，……"蔡梦弼曰：《蜀中记》："玉垒以东多桤木，易成而可薪，美阴而不害。"

日本声音

破晓时,木楼板踩上去会发出声音
墙体,偶尔也会发出啄木鸟的剥啄声

旧家具有何征兆,椅子咔嚓,响了一声
别吓着了芥川龙之介呀,他爱过苏州古柏

花甲之宴(1947)醋拌萝卜丝、鱼圆、晚霞饭
煎炒声里,恒星终于发现了汉学家——青木正儿

2014 年 10 月 21 日

他们的一生

> 鹤飞得很快很快,发出哀伤的叫声,声音里好像有一种召唤的调子。
> ——契诃夫《农民》

那天
她有一种越南的宁静
她刚吸进去一口武汉
就迎春来到川外①,美
长大了,是有用的……

为了
两天考试,一趟火车
(南京自古注定是个插曲)
看,我写给你诗的字体
比勤奋的姐妹还要年轻……

幻觉
夏天的身体竟没有汗水
有一天,在石婆婆巷口
我发现你挑选水果的手指

---

① "川外",四川外语学院的缩写。

突然我不信人难免一死

失眠……
蜗牛脱壳,苦桃—老木—巴黎①
我这颗心的楚国呀,真快
枣也诗无敌,三天鹤来迎!②
傍晚天欲雪③,天空要继续……

2014 年 10 月 23 日

---

① "老木",原北大四才子之一,另三位是西川、海子、骆一禾。 诗中的"巴黎"是说老木一直在巴黎流浪的事。
② "枣也诗无敌",一观便知是说张枣诗无敌,化脱自杜甫《春日忆李白》劈头一句"白也诗无敌"。 "三天",即道教的"三清"——神仙居住的最高境界。《云笈七签》卷三:"其三清境者,玉清、上清、太清是也。 又名三天。 其三天者,清微天、禹余天、大赤天是也。"
③ "傍晚天欲雪"出自"晚来天欲雪",见白居易《问刘十九》。

倾听茨维塔耶娃

你们都说我浑身肌肉硬如钢
有什么用,五十年后,我们
将长眠地下。 写啊,继续写
……每个手势都要保存下来

别见面,我的感情没有分寸
我是个剥了皮的人,一碰就疼
大哥哥①,书信已经等于拥抱
爱就是烧,就是女性情怀轰动

依据浑身苦恨,我辨认出他们
我男孩的胸脯不会因号啕而起伏
人透过人,更透过我,爱上生活
我渴望一步踏上千万条道路……

小伙子正当十八岁,太幸福了
我们一见面就散步十五公里
魔术! 我要你变成七岁男孩
再变成六十岁老头,白璧无瑕!

急,快速对话;急,韵律刚劲

---

① "大哥哥",指帕斯捷尔纳克。

急,逼句子缩成一个孤词——
誓言发冷,剃刀边边,音节爆破
急,喜与怒;急,与十恋人断交

音清澈么,听,折断骨头的咔嚓
写,以血的光速! 感慨的尖叫
我那真得心应手的音素游戏啊
节奏当然一律是发烫的暴风雨

满嘴稀饭,继续说,我拒绝挣扎
窗外有株树,多好,我拒绝年龄
洗碗水交集着泪水,我拒绝心计
天棚上有一个挂钩,我拒绝障碍

我该谢谢谁呢,拜托了,苏维埃
洗碗成为我最后的、唯一的前程
百年后的读者注定会忆起我这黑人![1]
她吊死后的一秒钟依然是一个诗人。

2014年11月3日

---

[1] "黑人"是茨维塔耶娃多次提及的一个重要意象,她说过诗人都是黑人的话。 黑人在此不是指肤色,而是意指诗人的"地下工作"(或神秘工作)性质,再说得通俗些:诗人是没有户口的人。 她还说过普希金也是"黑人"等类似的话。

秋日即景——西南交大镜湖

多少诗,我只写给年轻人看
但必须要有几首,专为老人:
因为口含牙签的教授正说粤语
因为科学家的哥哥还在抽香烟
——箭牌! 从机场免税店买来

秋日正午的阳光绿得亮又暖呀
成都难得。 这时,我总会想起
三十四年前的广外,①某个男人
推着婴儿车走过无人的林荫路
他是来自日本的另一个鲁迅吗?

银杏之黄,漂亮! 树叶擦刮水泥
地面,发出清脆的铁器声,好听!
幼儿园前,娇羞的当然还是儿童
不是熊猫。 我是否应来碗铺盖面?

矮子一颗,青天下巡逻,为了汽车
也为校园的秋天。 练剑人消失经年
平台吹风。 别释义,请升华,突然
我发现随身带笔的是秘书,不是诗人。

2014 年 11 月 3 日

---

① "广外",广州外语学院的缩略语。

小雪作(组诗九首)

昔 年

昔年文彩动人生,食肉动物的阴囊总是黑的①
……

鸟飞南京,风也……温州奶妈喜欢大声唱歌。

听! 蒙古人原来食量大,哈斯宝翻译红楼梦。

十二月

成都
12月仍在小阳春里,无法穿红毛衣,她急得哭

杭州
12月未来的间谍王站在一株"神经质的柳树下"

重庆
12月浪激沙游,莫不是那杯渡和尚欲乘落叶飞过

---

① "食肉动物的阴囊总是黑的",纳博科夫的一个观点,参见其《爱达或爱欲:一部家族纪事》,上海文艺出版社,2013,第21页。

合肥

12月她的脸有一种午后二楼狭小办公室的热气
（12月他的脸有一种从未在街上行走过的庙气）

夏 蛇

夏蛇！ 晴丝卷燕。① 八月里的一天突然有初冬气息。
南京！ 南京让我想起：半天倒头神，一夜床头酒。

那蒲宁怎么办？ 清晨才过贝鲁特，一小时后又入哈杰特。
巴尔贝克，大马士革……"瞧，杰别尔——谢赫！"②

老 肉

老肉都是松的。 "老了的野猪肉却是硬的。"
让我们来提肛。 文迪说："中医修身妙用无穷。"

旋旋新烟，旋旋新燕，旋旋新颜，变！
在吾国，哪来"痛饮真吾师"，皆是翻脸不认人。

锤 子

只是荷兰人爱飞翔么？ 苏格兰人也飞翔。

---

① "晴丝卷燕"，典出朱彝尊"晚绵扑柳，晴丝卷燕，尽自飞来飞去。"
② 这一节可参见戴聪主编《蒲宁文集》第一卷，安徽文艺出版社，2005，第464页末行及注释二。

别管他,白雨忽吹散,凉到白鸡边。

可"渔业和锯木业是不分家的"。
可蛋有自己的家(悲哀吗? 菲利普)。

他名字很锤子,不想改一个名字,任其锤子。

蚕 头

蚕头似马头,马有风尘气①
鱼头似人头,人有风尘气

凉快的贸易风,他的最爱。
惟当头吴云,观人事好乖!

乡 霸

唉,人越空虚,对小事忘得越快……

邮亭有鲫鱼,太安有鲢鱼。 遂宁呢
子弟家风,半生白酒,帮闲走空。

望江南,牡丹亭里"大便处似园荠抽条"
羊儿吃草也吃棉花。 阴空里有一个乡霸?

太 原
——给潞潞、续小强

庭中大槐,承担汉运。说的是太原吗

---

① "马有风尘气"见庾信《拟咏怀》其十七。

双桃并蒂,老妪生花。说的更是太原
普通太原人的幸福生活:水流灶下,鱼跃入釜

南 亚

印度,米饭偶尔会成为一种浮夸的主义。

不丹,带小书去旅行好,在小灯下读书亦好。

锡兰,童年南欧,芒果里有世界的一滴珠泪。

2014 年 11 月 25 日

玫瑰与书

玫瑰是用于装饰还是用于药物？
用于修辞？ 用于爱恋？ 或别的？
卞之琳说过：玫瑰色还诸玫瑰。①

多读书，读好书，可何谓好书？
其实没有一本书错过了会可惜。
有个人年轻时就懂：书还诸书。

  附录：
  湖州姜海舟补充了一句，在英国：
  嫩绿(baby blue)还诸婴儿。

  卞之琳又说：黄色还诸小鸡雏，青色还诸小碧梧。

2014年12月15日

---

① 诗中所引卞之琳的诗，出自其名诗《白螺壳》。

烟

洗碗、晒被、削梨、吃酒……"这就完啦？"
你再想想，该以"啦"结尾，还是"了"

……电扇叶可旋转出风，可削尖铅笔
一分硬币可买一颗糖，可用其边缘磨平指甲

你做的面条真好吃呀，可朋友终归要分手的

看看那烟囱，张奇开说：她最后留给人世的形象是烟
……

2014 年 12 月 23 日

在雅安

有个人从猪圈里
摸出一个黑古董
下雨了……多好
雅安多雨为漏天
夏天最宜买佛头

岂有美好如文人①
你突然说到越南
越南有什么好呢
有个人的名字好
他叫:吴庭艳②

2014年12月28日

---

① "岂有美好如文人"从《史记:陈平传》中一句化出:"岂有美好如陈平而长贫贱者乎。"
② 吴庭艳(1901—1963),越南顺化人,出生于一个信奉天主教的贵族家庭。1955年10月建立越南共和国,并就任第一届总统。1963年11月1日被政变军人处死,享寿六十二岁。

卷八
在南方
(2015)

1988年,冬天

> "那儿,人们应该幸福,一定的,
> 像从前卢梭的书中描绘的画卷。"
> ——(法)耶麦(Francis Jammes)

有一种酷暑的寂静最令我入迷
南京的夏天,年复一年……
早在我们出生前,世界美如斯!

终有一本英语书欢迎我们的黄昏
转入隆冬,希望从一本诗集开始

命运,黑夜,散步,田畴,风……

小宿舍里,你用电热棒烧开水
冬天的咳嗽糖浆真是冰凉带电呀

三十年后,他还会为美颤栗吗:

> 往昔的岁月已化入苍茫,
> 我生活安适,虽说没有你
> 偶尔我也曾担心地揣想:

*你是否健在？你住在哪里？*①

也许你已不在人世了，谁知道呢？
而我仍在那面镜子前活着并入眠……

2015年1月8日

---

① 诗中楷体部分引自谷羽教授翻译的纳博科夫诗歌《初恋》。

人生苦短

> 世界呀,现在我发出契诃夫的呼吁
> "米修司,你在哪儿啊?"①
> ——题记

那时,我在你的家乡写作……
转眼,在你命运手腕的力量下
道路迎刃分叉,你我各奔西东

美利坚莫测,律师莫测,未来莫测
……穿上美丽衣裳的妈妈也莫测!

重庆——爱?是的,回来——
所有曾经的屈辱都将得以释怀……

我,一夜翻过童年,瞬间来到老年
人生苦短!失去……我们就不必重逢。

2015年1月9日

---

① "米修司,你在哪儿啊?"见契诃夫小说《带阁楼的房子》结尾最后一句。

越南牛人

为什么总是牛？ Francis Jammes
我问的可非法国牛，是越南水牛；
牛的一生，还用问吗？ 何其单纯！
劳作，老去，然后被人吃掉。

牛之后还有何事值得玩味？ 越南！
热！ 阴囊一年到头都是湿扎扎的
人！ 打着赤脚或趿拉凉拖鞋抽烟
星期天！ 越南的苦闷会美得出奇？

2015年1月10日

惋 惜

日落时分,纤维桌布会发出闪光。
小纸箱里少了解剖学书籍,只有三本连环画。

夏天
夜行驿车刚驶入上清寺邮局,她来自北京……

真巧有一格木头窗户,真巧没有树荫……
水泥地面的室内真是明亮呀,流水哗哗……

四十七年后,那鲜姓少年会听懂这句未来之诗:
楼台已废,"五十九岁的我为十二岁的我惋惜"。①

2015年1月12日

---

① "五十九岁的我为十二岁的我惋惜。"此句改写自(法)耶麦(Francis Jammes)著,刘楠祺译:《春花的葬礼》,《悲歌》四中的一句:"二十九岁的我为十七岁的我惋惜",上海文艺出版社,2014,第313页。

夏 天

到底是谁教会了我诗歌文法,我在想……
夏天结束前的一阵风有一种召唤的凉意……

也是夏天结束前吗? 有个美国诗人说:
"爱她到危难之际,爱她到粗野的极端。"①

别紧张,亲爱的,夏天终归是女性的:

湖水有青天的颜色,手镯有青山的颜色。
所以从水井里打水时,旧桶别碰上井沿。

2015 年 1 月 14 日

---

① "爱她到危难之际,爱她到粗野的极端。"出自美国诗人 Arisa White 两句诗:"爱她到危难之际,/粗野的极端"(见李森主编的《新诗品》,《机会基于真实》,云南大学出版社,2014,第 95 页)

矮子在阴天

雨天不打钟，撞钟报天晴
阴天呢，真好，痛风减弱
矮子在楼上玩弄几个佛头

想想吧，我的眼睛好得很
有一本游记书里的确说过：
日本人来后九江落日疯狂

希特勒颓废研究还继续吗
有一行诗却令他陷入迷乱
为何困鱼有神，马病毛焦？

阴天无事，矮子火辣泪流：
"往日文采动人生"——
这写的就是我呀！ 而今天

你怎么从里斯本发来短信：
波兰天真，波澜老成……

2015年1月16日

下南京

有唐一代，人居渝州大不易
城中都是火呀，低垂气不苏①
出峡！ 任未来吹起平原的风

南京，下关，夜，上岸……
夏去秋来，冬雪入年，迎春
梅花山上，鹤鸣。 一个黄昏

推开门，陌生人的晚餐刚开始
小宿舍突变为小餐室。 晚了
晚了两分钟，我们从此错过。

Pankow，又一个秋天的午后
明镜②还在德国？！ 也在尘世
而我的心已不在此地，在南京

2015年1月19日

---

① "城中都是火呀"，出自杜甫诗《热三首》其二中一句："峡中都是火"；"低垂气不苏"，亦见此诗其一。
② "明镜"，一语双关，既指明镜本身，又说德国著名杂志《明镜》。

镜　像

有一本外国书叫：《镜与灯》。
在吾国，镜取形，灯取影；
形影不离的事，欲说？　未必。
如昔芬芳初中，让人难以启齿。

同志很小，来自童年？　睡觉，
我们从更小就开始天天练习。
还是随风成长吗？　七岁——
那第一道闪电！　大田湾小学！

有种爱，注定发生在 1964 年，
沿冬天石阶而上的人真幸福呀，
他背影消失，他去赴弟弟家的晚餐。
而看的人更幸福，当天光暗了下去……

2015 年 1 月 22 日

白桦树

> 人的一生没有足够的时间。当他失去了他就去寻找,当他找到了他就遗忘,当他遗忘了他就去爱,当他爱了他就开始遗忘。
>
> ——耶胡达·阿米亥

民国青春之后,一个清晨,我的心突然掀起骇浪

是因为一棵树,一棵来自瑞典西南方的白桦吗?

我记得 Karlstad 那天的雾还在 Bengt 办公室的画框里

我记得三十五年前,一个初夏,我曾遇见过另一株白桦

后来,生活的道路总是不停地分叉、再分叉,直到老年……

在成都,有时,我依旧愿意固执地保留我年轻时的记忆

诵读一些来自异国的古老诗篇(我幼稚么,纳博科夫?):

很久以前的一切都已完结,我祈求,你也该祈求神明,

在这光线幽暗的黄昏时刻,在人生边缘我们别再相逢。①

电脑——传真——半秒——一封信写于 1980 年 4 月 28 日夜

---

① 楷体部分引诗,出自谷羽教授所译纳博科夫的《初恋》。

下半秒(2015年1月24日),我收到。她还保存着那本"爱琴海"

真好!很幸福,不害羞。死神刚刚到访了三分钟,已离开;爱神,来自广州,好小呀,和从前一样?我记得……那是另一个夏日!

2015年1月24日

侧 身

年轻时侧身,是一种谦逊
老了侧身,更是为了怀古
这不,三千年不变侧身事:
杀鳝者总从脚盆捉出鳝来
盆边一磕,顺势将鳝头斜
钉上搓衣板,开膛、剔骨
声音咻咻斜行,春深日静
我在怀古(南农卫岗菜场)①
赴宴亦是场逃难哩,老了
宝根与明秀,前线还歌舞?②

小病的人喜侧身躺在床上
病身虚俊味(何幸饫儿童)?③
我今嘴里感到了莴苣的脆嫩④
鳝丝面一个侧身来锦上添花。

---

① "南农",南京农业大学的缩写语。卫岗,南京市玄武区孝陵卫附近地名,南京农业大学也位于这里。
② "宝根与明秀,前线还歌舞",此句是说前线歌舞团(位于卫岗)的一对中老年夫妇。
③ 杜甫诗《王十五前阁会》中有"病身虚俊味,何幸饫儿童"句。
④ "小病的人嘴里感到了莴苣的脆嫩",见戴望舒诗《小病》。

近长沙

贾谊凄恻近长沙
老杜凄恻近长沙①

春来春去洞庭阔,②
日来日去水天同。③

莫道黄帝有素问,
自觉风疾为偏枯。

2015年2月10日

---

① 首节参见杜甫诗《入乔口》二句:"贾生骨已朽,凄恻近长沙"。
② "春来春去洞庭阔"出自"春水春来洞庭阔"(见杜甫《清明二首》)。
③ 水天同,一语双关,既指水天一色;又说我国著名翻译家水天同教授(1909—1988),他译的《培根论说文集》,堪称绝色。

英 特

> 此诗因读韩东和杜甫而起兴
> ——题记

英特人单指青年——《小城好汉之英特迈往》①
桥下人家,读书无用——朱红军!②

英特人又说老年——《奉赠李八丈曛判官》:
我丈特英特,宗枝神尧后。③

舞剑霜雪吹青春,济世宜引英俊人④
(他)挂帅了吗?怎么又是青年

那老人真想到了迷信事:居市北而富。
我则想到另一个词:Intel——全球通!

2015年2月11日

---

① 《小城好汉之英特迈往》,韩东的小说,上海人民出版社,2008年出版。
② "桥下人家,读书无用——朱红军!"为《小城好汉之英特迈往》的内容。
③ "我丈特英特,宗枝神尧后"见杜甫《奉赠李八丈曛判官》。
④ "舞剑霜雪吹青春,济世宜引英俊人"见杜甫《暮秋枉裴道州手札,率尔遣兴,寄递呈苏涣侍御》。

世界的未来

（写于和你谈话后）

巫师口中有霹雳

符师手中有刀笔

请解释含沙射影：

射人影者，杀人

"现代性"之后

还是梁阿发之后①

广州么？ 芝加哥！

你说：曙光宽恕②

人将疾，不食肉

我们得更加推敲

---

① 梁阿发，即梁发(1788—1855)，原名梁恭发，字济南，其著作笔名为"学善者"或"学善居士"。清乾隆五十三年出生于广东肇庆府高明县罗俊都西边村，因家贫仅读了四年塾学便辍学到广州谋生。约二十岁时因承接雕刻中文圣经单行本《使徒行传》而结识了来华的基督教传教士，后随传教士赴南洋马六甲从事印刷出版工作，其间皈依基督教及成为英华书院首届学生。 在近代中外文化交流史上，梁发是作为基督教第一位华人传教士而被载入史册的；他所撰写的《劝世良言》彻底影响了洪秀全（太平天国运动领袖）的思想。
② "曙光宽恕"，诗人、学者倪湛舸语。

我们手上的未来

这才是世界的未来。

2015年2月24日

在永嘉

吃甲鱼汤因为补精？ 闻麝香倒是为防春闲。
枣膏使人昏沉呀，还好，冬天我们有纱面……

道士倚墙，布商衡量，谁立了个大圆镜？
很难说，礼失求诸野，但求一副豆腐担子。

美在永嘉，怪也在永嘉：这少年使我想起一种蜜饯乳鼠①……
这天阴欲雨，日间漫长，鸠鸣啼，猪磕头，鸭儿睡去……

2015年2月25日

---

① "使我想起一种蜜饯乳鼠"，见张爱玲《异乡记》，北京十月文艺出版社，2010，第10页。

一个老了的童年

为什么你我同为一人,唯告别
才分出了彼此的口音?

为什么阿米亥给一个女人的诗:
性交时,重工业就停产?①

为什么她已没有力气去生气了?

唉,不是没有时间,我今年八十岁,
一个老了的童年——这就是我的成熟。②

2015年3月4日

---

① "性交时,重工业就停产?"参见傅浩译耶胡达·阿米亥诗《给一个女人的诗》。
② "一个老了的童年——这就是我的成熟。"见傅浩译耶胡达·阿米亥诗《大马士革门》。

家庭教育

用完了剪刀,要横着放回平柜的左上角
洗好的内衣要放回衣柜第二层右边靠外
……物归原处,我自幼习得,谢谢妈妈

饭前洗手,便后洗手,手要干爽莫沾油
地上脏,不能坐,心要敞开,别撒谎!
当然我还学会怕雨怕风怕感冒,谢谢妈妈

一个晚间,你说我买的肥肉我得吃下去
多少午后呀,你总是弯起小食指,敲击?
可我至今没想到我头发里竟有父亲的气味

2015年3月5日

来自北京的夏天

日光灯的镇流声让我留意到她的身体
——北京的夏天,在静静的南国……

晚课,
翻过马痒磨树,虎食狗醉这一页
我才见锁骨菩萨真的来到雪白的教室。

合上书,我在想……
"生命,也许不是生命",那是什么?

南国的晚课,白得很短暂……
我留意到她的身体,皮肤上的清凉油……
凉鞋! ——来自北京的夏天——
——课桌下一副多么小巧精致的锁骨。

2015年3月6日

学老杜度晚年

新妇洗面摸着鼻
这又有何不妥?
那避俗人对来客
动辄灿然,才怪!

痛饮人个个胸中
了了? 唯老杜知
如何欢度晚年——

   但使残年饱吃饭,
   只愿无事常相见。①

2015年3月13日

---

① 末二句为杜甫诗。

少年江南

风吹学生,山响弓箭,我也可以不说大田湾①
说交趾至会稽八千里路,他乡是一个表弟

病中十日不举酒,②《太平广记》有鬼诗
说的是老人吗? 不。 壶中日月天气好,晒晒——

"越十年生聚,而十年教训",③一代又一代
酒青,临安轻,欢娱无限事,来报答少年人……④

2015年3月13日

---

① "大田湾",说的是重庆大田湾小学校。
② "病中十日不举酒",参见黄庭坚诗"病来十日不举酒"。
③ "越十年生聚,而十年教训",见《左传·哀公元年》。
④ 末尾一句是我遥想南宋时光,即北宋东京"灯火上樊楼"的盛景在杭州的重现。 让我们在此顺便重温刘子翚(1101—1147)《汴京纪事二十首》之一:
  梁园歌舞足风流,美酒如刀解断愁。
  忆得承平多乐事,夜深灯火上樊楼。

爱,只是拘束

1

水流动,但水并不想停下来看水……
一株树通过另一株树完成相互致意:

秘密德国的细腻宝石,不寻常;
俄罗斯修道院的硬床,不宜于睡觉

2

形式——风
它自身没有问题,它经过它的漫浪……

语言?儿童离不开游戏,诗人离不开家

3

多好啊!晴天,发怒后的人才懂得宽怀
而恨,有一种自由;爱,只是拘束。

2015年3月16日

清 明

上坟，天地君亲师；忆昔，绿发少年时
宣帝葬杜陵，文帝葬霸陵，高帝葬长陵
……，别紧张！ 成都人也埋在皇恩寺。①

酒——剑南，酒——烧春，酒——铁道！
有个人双手举着肥油母鸡快步往山下走
他是个洒家？② 百年一抔土，万言一杯水，

菩萨凉如意。 鱼不瞑目，怎么睡觉呢？
花岗石夹水泥之墓穴。 借书痴，还书痴，
总有人不开心；那就上街去买条裙子吧。

2015年3月25日

---

① 皇恩寺，指成都皇恩寺陵园，系经四川省民政厅、成都市民政局批准注册，金牛区民政局主管的合法社会公共墓地。 陵园地处城北天回山。
② "洒家"，宋元时代北方口语。 类似现代的"俺"、"咱"等，有老大自居的意思。 如同今人俚语中的"老子"。

秋千的故事

秋千的故事无日日新
名将里总有个养媚人
夜半煮只黑猫来求福
笑笑生①的疮疤揭不揭?

立言难就立一口井吧
为保持精力喝韭菜汤
何苦！ 自行车练耐烦
何苦！ 不吃酒，投稿

活着的鸟是要飞翔的
终将化为尘土的人呢
生前也要晃来晃去的
哦，这屌！ 这小点心！

2015 年 3 月 30 日

------

① "笑笑生"，指《金瓶梅》作者所用的笔名"兰陵笑笑生"。

说吧，记忆

每当我在立陶宛见到贝教授都会想起他森林般的人生：
一个婴孩，他年轻的父亲刚怀抱他登上重庆歌乐山巅
突然出现在我面前，……立刻便是现在，另一个黄昏
他正和他的金发太太在立陶宛大学周遭的森林散步……

回闪！ 潮湿的南方，幽暗森林，他浪漫的父母要去北方。
回闪！ 读书，考试，从南到北，流汗及冰冻，雅思成绩！
要去就去更远的远方吧，留学希腊，我爱上了古典学。

如今他已当上了立陶宛大学古典学系教授。 说吧，记忆：
他十一岁时一个春天的午间，我和他写诗的父亲出去吃饭
他穿着崭新的运动鞋蹚过一洼脏水，兴奋地追上了我们

父亲生气了，新鞋弄脏了，他哭了。 但很快，气氛变了。
很快，他看见我们高兴也感到高兴，好像从来没有哭过。

2015 年 5 月 3 日

梦·雾

星期二也非要致敬吗①
那是一个尼加拉瓜梦
象牙门,牛角门,雾

汉语中有一个梦很怪
自贡鸦片,城隍的雾
一把铡刀将铡下人头

梦醒着,梦睡着,雾
阿拉伯有什么劳伦斯?②
阿拉伯只有贝督因③梦

2015年6月2日

---

① 因为尼加拉瓜的国歌正好是《向您致敬,尼加拉瓜》,所以此诗劈头便有一问:"星期二也非要致敬吗"? 为何单表"星期二"? 因为写此诗时,正好是星期二。
② "阿拉伯有什么劳伦斯",此句来自一部大卫·里恩执导的英国电影的名字——"阿拉伯的劳伦斯"。
③ "贝督因"(Beduin)为阿拉伯语音译,意为"荒原上的游牧民"、"逐水草而居的人"。贝督因人,是以氏族部落为基本单位在沙漠旷野过游牧生活的阿拉伯人。

一千零一夜

古典
源于快速帆船。阿拉伯
有多少说书人,巴格达
就会有多少一千零一夜。

礼拜五①之后,来了一个
叫星期四的人。② 在英国

如今
阅读欲望来自医院黎明:
一条伊斯坦布尔的金鱼
切除了脑部肿瘤刚回家。

2015年6月2日

---

① "礼拜五"是小说《鲁滨逊漂流记》(丹尼尔·笛福)中的人物,也是小说《礼拜五:太平洋上的灵薄狱》(米歇尔·图尼埃)中的人物。

② "叫星期四的人"是切斯特顿写的一部小说的书名。此书中有个人物叫"星期四"。

生者与死者

你说写作是回忆的艺术
而传记则是忘却的艺术
还有一种告别的艺术呢
很难！ 需要一生来研究

花开花落是不讲道理的
五十步，又何苦笑百步
人用完了精确的时间后
你的骨灰将是现在的你①

2015年6月3日

---

① "你的骨灰将是现在的你"，出自波斯诗人哈菲兹（1320—1389）一句诗："我翱翔，我的灰烬将是现在的我"，转引自博尔赫斯《七夕·诗歌》。

著 书

废墟边上的森林,散乱的数学图书馆

寂静。

我在这里写一本白人的书……

一个细节,待查? "1828年,
年轻的海涅怀着矛盾的心情,在汉堡街头游荡。"

我读着沉闷的材料,睡着了。 接着梦醒……接着睡去……

另一个细节——济慈的夜莺吐血……这该放在
怎样的上下文里? 放在"美比善好"之后可以吗?

2015年6月5日

皮日休在写诗

听天由命的皮日休在揣摩下面的诗句:

1980,我的广州,有一条蛇静止不动?
1976,Borges"冰岛的下午静止不动"

不动?! 我在广州北郊的白云山麓,
 "我要回忆那一次你在冰岛给我的亲吻"

从此,为何"我们总是一再地走出去"……
为何生活就是出走? 而活过就是走过?

2015年6月26日

在南方

唯有夏天上午某一刻,在南方
树叶才会发出银子般的沙沙声
我刚看见这一刻,变化发生了
风吹来的不是银子,而是虚无

还有那些天气并不舒适的游历
怎么总有一种老年和美的气息
可这些,我发现也已离我远去
天气没有老年和美,只有生气

经苏州到南浔,我们中午吃酒
作陪的镇长送给我十八双袜子
主人看上去真比我还要高兴呀

我该说什么呢? 话多少不重要
我是诗人,也有人说我是倒头神
多年后在成都,那倒头神①会怀念你

2015年6月27日

---

① "倒头神",南京(包括徐州)土话,我多次写到。 譬如在我另一本书《白小集》第993条:庚子山说阳台神。 南京人说倒头神。

忆旧游——寄张刚

慢脸灯下醉,繁弦头上催,①你被吓哭了

真清凉,来到新华社,你热恼被解除了

《震颤》②还是恐怖的,你难道忘了吗?

北碚,一阵夏天的手风琴吹过去……

我在——人间——找一个叫张刚③的人

2015年7月27日

---

① 白居易《忆旧游》:"修娥慢脸灯下醉,急管繁弦头上催。"
② 《震颤》(诗),柏桦作。
③ 张刚,1982年(还是1983?)毕业于上海外国语学院日语系。

重写布罗迪小姐的青春[①]

在苏格兰,猛烈的东风弯曲了
性睡过吗? 我十二岁,突然惊醒
"历史课"在一株大榆树下进行
"我国的诗歌……英语语法……"

这可不是公元前的事,1937 年
晚报准时送来爱丁堡下午六点钟。

少女别革命! 布罗迪正值青春。
谁说"对隐藏的诗人要厚道些!"
谁说法西斯青年都爱穿黑衣衫?
后来,我到达时,她已被迫退休。

我想起不年轻的她曾旅游过两三个国家……
她死后在人们的口中风传,就像夏天的燕子……

2015 年 8 月 1 日

[①] 此诗内容取材于 Muriel Spark 的小说《布罗迪小姐的青春》(*The Prime of Miss Jean Brodie*)。

忆南农①

眉头一蹙,遇见的事就特别
耳朵一谛听,当然就掰手腕
吾神! 注定要从云南大学来

"嘴,曾在我嘴里过夜的嘴"②
怎么有南洋咳嗽糖浆的韵味?
生活不真实? 但绝不会错过!

别吐痰,别抽烟,更别松手
算命人不在家,多好的天气
我们见到了他的爱人和鸽子

突然,幽浮③似箭,我朝回飞——
抓起那条童年的孔雀④,投进
一个圆形鱼缸——十一秒半!?⑤

2015年8月4日

---

① 忆南农,即回忆南京农业大学。但在诗的末节,我笔锋一转,回到了我的家乡重庆,写到了我捉鱼放鱼的童年往事。

② "嘴,曾在我嘴里过夜的嘴",见奥地利诗人巴赫曼(Ingeborg Bachmann,1926—1973)《逃亡途中之歌》之十二。

③ 幽浮,也称飞碟,不明飞行物(unidentified flying object,简称 UFO)。

④ "孔雀"这里是指热带鱼的一个品种。

⑤ 最后一节是说我童年因喜欢一条热带鱼的偷窃事,我真的从别人家的鱼缸里抓起这条鱼,飞跑回家并立刻将其放入我的鱼缸。整个过程费时十一秒半!?

树　下（二）

人间多少荫凉，我只喜欢水井边阳光的荫凉。
那儿，李子树一开花，猪仔就收拢了双耳。

鱼在水里，树在土里，人在尘世里……
一只苍蝇停在一个蹲着撒尿的小姑娘的脚趾上。

眼泪轻易就流出来了，一阵快感，泪涌若急雨
——西欧的天气（伦敦雨除外）？

阅读在树下，思考在树下，激动在树下，醉酒在树下
（那体育老师）……

2015年8月17日

致上海诗人古冈

初冬早起,炉温先暖酒,手冷未梳头……①
心想这世界,每秒钟四人诞生,两人死去。

兰成四方风动,②寒山八风不动,③这世界
悲哀总在欲老正老时,老过了就没有悲哀。④

每个人的生活,尤其是早年的生活,遇见了什么?
这些都让我想起古冈,这世界,这样一个上海诗人……

2015年8月21日

---

① "初冬早起,炉温先暖酒,手冷未梳头",见白居易《初冬早起寄梦得》。
② 兰成,即胡兰成(1906年2月28日—1981年7月25日),中国现代作家;他生平欢喜说"民间起兵,四方风动"。
③ 寒山,即唐朝诗人寒山;"八风不动"出自寒山诗句"八风吹不动"。
④ "悲哀总在欲老正老时,老过了却没有悲哀"化脱自白居易《答梦得秋日书怀见寄》:"悲愁缘欲老,老过却无悲。"

自然而然

吃饭多的男人费脑筋,缺氧。
女人的乳房是一大堆热肥料。①
蜥蜴把卵蛋含在自己的嘴里。
人嘴里的口水生出来就旧了。

其实你本人就是最大的神奇,
爱情的拇指般的男性生殖器。②
越包罗万象,就越自相矛盾,
我相信亿年后你还将回到这里。

2015年8月25日

---

① "女人的乳房是一大堆热肥料"见耶利内克《情欲》第一章。

② "爱情的拇指般的男性生殖器"见惠特曼《顺从天性的我》(SPONTANEOUS ME)。

致一位中学友人

蓝空不止一朵龙云，日本无两个源义经①
黑夜升起一颗鸡星，那哲学家长得像狼

桥头！ 我们瞭望的中学时代，高山隔着远景
我知道你喜欢年轻的波良纳，②在重庆的秋天

2015年8月29日

---

① 源义经（1159—1189），日本传奇英雄，日本平安时代末期名将，更是日本最著名的美少年英雄。

② 波良纳，即雅斯纳雅·波良纳，它是俄罗斯伟大文豪列夫·托尔斯泰的出生地，也是他的最终归宿。 这是俄国图拉省克拉皮文县的一个贵族庄园。 "雅斯纳雅·波良纳"在俄语中意为"明亮的林中空地"。

还魂记

七十三世纪后的一千八百零一年
一个黎明,你将读到这首诗的残片
(它早已流传了三千五百年……)

……
动车飞过柬埔寨河,大扣大鸣……①
有个波斯水手在铁桥下生火煮饭
小扣小鸣? ……还有何不扣不鸣?

在斐济,我看到一个自称孔子的人
他说他就是上帝,你们不必再找了。
风景中,人是个他者? 显得新奇?
……

还魂记里有个画家在说怪话:梦游
惠特曼明明才在曼哈顿观看过落日
怎么可能突然出现在冰岛某条街上?

2015年8月30日

---

① "大扣大鸣,小扣小鸣",见《礼记·学记第十八》。

催 情

一九五〇年代我们在上海普希金像前才致完大海①
夜行驿车经雨蒙蒙的黎明被巴乌斯托夫斯基递来②

公共汽车上,我写泥泞轰响的诗③,但这远远不够!
喂他们! 用苏维埃大药丸——乡愁和牺牲④,老塔!

2015年9月2日

---

① 普希金铜像坐落在上海汾阳路、岳阳路和桃江路交汇的街心。《致大海》这首普希金的诗,也是中国老一代文艺青年心中的圣歌。

② "夜行驿车和雨蒙蒙的黎明",皆是前苏联作家巴乌斯托夫斯基的著名短篇小说,这两篇小说更是中国老一代文艺青年心中的艺术圣经。

③ "公共汽车,泥泞轰响",这是前苏联诗人帕斯捷尔纳克诗歌中两个——对中国抒情诗人来说——最有名的意象。

④ 最后一行是说前苏联电影导演塔科夫斯基的两部电影"乡愁和牺牲",这是两枚大型催情剂药丸,特别能够满足中国当代文艺青年的艺术白日梦和道德幻觉。

蚊 睫

燕衔泥,但回避戊己日,难知?
鹊巢口,但回避太岁,亦难知?
鱼落泪,难知么? 我来说说蚊睫:①

爱蚊皎然,蟭螟蚊睫,察难知
爱蚊皮日休,必在蚊睫宿,②难知
施肩吾呢,夜池畔摘一根蚊睫,③难知

芭蕉! "我舍可摆席,端上小蚊子"?
为避罪,有一年冬天,我甚至还写过
一只蚊子睫毛落地的声音,多么难知!

2015年9月30日

---

① "蟭螟蚊睫察难知"见皎然《七言小言联句》
② "必在蚊睫宿"见皮日休《吴中苦雨因书一百韵寄鲁望》。
③ 施肩吾《赠莎地道士》:"池边道士夸眼明,夜取蟭螟摘蚊睫。"

致刘波

南方的远景里有一抹北方朝霞,重庆! 多么奇妙……我生命中一些小东西。 曾文正公全集还在你的大衣里?

七年是一个人的寿命,七百年也是一个人的寿命……读我书的人是谁? 女巨人真是一个法兰西专有名词吗?

从蒙特利尔到巴黎,我们开着车到处寻找便宜的油价……在广州,有个老年人开始搜集整理他年轻时代的书信。

2015 年 10 月 1 日

各得其所(十条)

感谢蔬菜,少部分感谢酒,绝不感谢肉。　各得其所。
风吹动白发显得很轻快,垮掉派不喝茶。　各得其所。
买办爱上海,屠夫爱芝加哥,吾爱但泽。　各得其所。
美国为人类建设,惠特曼就为美国建设。　各得其所。
选词用韵的人,跑步的人,抢日本的人。　各得其所。
饱食不用心,脚重不走路,头晕不读书。　各得其所。
僵尸白、醉鬼青、手淫者灰、愤怒者黑。　各得其所。
鸡登梯去树上睡觉,人登梯去树上上吊。　各得其所。
生者有清新的空气,死者有珍贵的泥土。　各得其所。
爱尔兰三世纪诗人Ossian,中文叫莪相。　各得其所。

2015年10月4日

知青时代的气味

糖果店的气味已被一个诗人写了,
供销合作社的气味呢? 他准备写。
在山乡,蔬菜的气味竟很难闻到,
饼,老菜油的气味,我闻了又闻。

还有什么气味让我感到美的颤栗?
是他无毛的皮肤白皙得不像农民?
1975年,巴县龙凤公社公正大队
赤脚医生小诊所那红药水的气味呀……

谁知道三年后,天空突然飞了起来
空军标图一幅,有抹布蘸汽油擦的味道。①

2015年10月5日

---

① 最后一行改写自姜海舟的句子:"我一闻到汽油味就想起当兵的年代,因为空军标图用抹布蘸汽油擦。"

反复戒烟之后作

年轻时,
我在北京矿业大学遇见过戴,
一位噙着热泪的"中国歌德"。

后来,
在布拉格特快餐车上,又遇
一服务员,他的前生弥尔顿!

人很怪,用自己的声音讲话,
却用别人的声音写作(萨特):

日本人喜欢洗澡,也喜欢杀人。
我爱白葡萄酒,虽不是法国人。

童年,
我的热带鱼只活了一个夏天呀。

老了,
余心焦! 戒烟两天等于两百年。

2015年10月10日

绝 句

为何烟让人费心却使蜜蜂平静?
逐花期,蜜蜂又跳起了康加舞。①

这可不是顾城②玩什么纸条游戏,
化学分子式,爱情——童第周。③

唯纳博科夫④懂世界无处无骗子?
叶公超⑤不爱蝴蝶,爱穿花衣服。

2015 年 10 月 20 日

---

① 康加舞(Conga)源于拉丁美洲的一种舞蹈。

② 顾城(1956 年 9 月 24 日—1993 年 10 月 8 日),中国诗人。

③ 童第周(1902 年 5 月 28 日—1979 年 3 月 30 日),中国生物学家。

④ 纳博科夫(1899 年 4 月 23 日—1977 年 7 月 2 日),俄裔美籍作家。

⑤ 叶公超(1904 年 10 月 20 日—1981 年 11 月 20 日)民国学者,外交家。

美即真①

人,请珍惜每一个十四岁半的男孩
那是他最美的时节,不会超过三周
很可能,他最惊人的美只有两天半
之后,他就开始圆融了,或凋谢了……

而少女之美要从十七岁才慢慢开始,
并将持续到二十八岁,甚至三十四岁

神呀,你创造一切(短暂的或更长的)
怎么连每一根毛发都设计得那么神奇?

2015年10月23日

---

① "美即真",是济慈的名言,我借来说自己的话。 我观看过许多稍纵即逝的少年之美,也见识过"永恒的女性引领我们上升"(歌德)。 神秘的男女之美是那样不同?

小还大

双眼小小,看见的东西并非小小
所以你说,眼睛比大海洋还要大
所以你说,天空装在人的眼睛里

十指纤纤,抓拿的东西并非纤纤
所以你说"会有一个指甲,它很大"
所以你说,用一枚指甲造一座迷楼

2015 年 10 月 27 日

在一个封闭的房间①

救命！ 花生！ 时辰已过，门反锁
我急得哭，年轻的父亲翻窗入户

锯子的神经质？ 不！ 锯子的疼痛
我六岁时的一个下午已经领受……

六十岁重返那方凳，被我锯开的
小裂口还在，下午还在，妈妈说着……

2015 年 10 月 30 日

---

① 这首诗记我的童年往事：我被父母锁在家里，我玩起了一把小锯子……

绝　句

谁说等（wait）是一种专属东方的精神？
有个美国诗人爱上了它！　而非试（try）

谁说人人喉咙里都藏着另一个人？　赫塔①。
老布②喉咙里腾起个末日，深渊需要填平。

钢琴家出自小商人，在中国这是一个谜。
大诗人出自邮局，在中国这是另一个谜。

2015年11月3日

---

① 赫塔，指罗马尼亚裔德国诗人、作家赫塔·米勒。
② 老布，指美国诗人布考斯基。

俗 套

俗套：深仇必大恨（其实恨是飘的），矮子必自卑（其实矮是乖的）

俗套：工人穿蓝衣服，情报部的人穿灰衣服，花花公子穿花衣服。

不是俗套：虚拟人平等，内向人好奇；阴醉人脸白，阳醉人脸红。

不是俗套：东京都！七十九岁的 Yourcenar[①] 与她二十九岁的美国情人交媾。

2015 年 11 月 4 日

[①] Yourcenar（玛格丽特·尤瑟纳尔，1903—1987），法国诗人、小说家、戏剧家和翻译家。

初冬印象

没有声音,如何理解安静?
他是从咀嚼声,懂得安静的

在室内,床和沙发都是凉的
因躺下和坐着的人而温暖

茶,并非常常和敬清寂
有时也带来一股哀怨或怒气

绿树让人感到一种境遇,为什么?

真的是帽子和裙子使女人骄傲吗?
不。 很可能是——包包!

2015年11月9日

老人站着,年轻人躺着

一

老人
因怀念过去岁月而穿上大衣?
因性行为直接而看上去简单?
因肉体老到最后反而青春了?
因懂得越多,就越喜欢数数?
一天,他在数有多少根头发……

二

年轻人
总在阅读中碰到问题,譬如:
"头发金黄的人阴茎是白的"?①
恐惧的人嘴边有沙沙,金的?
他的颧骨在研磨,怎样研磨?
午后阳光比早晨新,如何新?

2015 年 11 月 12 日

---

① "头发金黄的人阴茎是白的"见赫塔·米勒《狐狸那时已是猎人》,江苏人民出版社,2010,第 112 页。

散　步[1]

"我们的爱情活动主要是散步和谈话。"

——布罗茨基《小于一》

散步创世于苏俄，延绵至亚洲和欧洲，死于美国

血拼得来的自由有何用？ 我享受到的自由是苦的……

散步、谈话、爱情；"那时我多年轻！ 如今轮到你们。"[2]

在成都，她推着自行车，边走边和他谈话，感到放松自然

要是她手里没有什么东西推着呢，她就会觉得恍惚……

2015 年 11 月 12 日

---

[1] 散步，可作为研究社会主义式恋爱专书的第一关键词。 为何散步死于美国，因美国的恋爱是汽车的，不是散步的。

[2] "那时我多年轻！ 如今轮到你们。"见林克译，里尔克：《穆佐书简》，华夏出版社，2012，第 190 页。

今将疯是谁?

妈妈,"肉,这个字点到了我的痛处"……①
我不是我,我是罗马尼亚德国人雷奥。
我的呼吸秋千还没有翻滚,在桤木公园,
在海王星游泳馆,"燕子肉"妙不可言!

肉,邮局食堂里也有,我的妈妈讨厌它
而我,在 1965 年某个初夏的晚间吞下;
肥! 是一种耻辱吗? 肥即惩罚,即吞下。

(你端上肉,缺乏尊重,没穿制服?)
九岁还是十岁? "你为什么还不快去死!"
我疯了,肥掉了自己,飞脱了自己,妈妈!

2015 年 11 月 15 日

---

① 本诗第一节取材于赫塔·米勒《呼吸秋千》,江苏人民出版社,2010,第 2—6 页。

黑绝句

黑马贵阳！ 宕开说黑马重庆就无必要
走火非得开一个大会吗？ 走火朗诵……

黑蚊子吃了人血，肚子胀得嫩红发亮。
黑杨树哪一点黑？ 它的树干这样白！

非洲黑，不如说法国黑，黑色星期五！
一个诗人黑大春，他在江阴唱夜黑黑……

2015 年 11 月 16 日

开场与收场

没一个结义的开头,三国如何演义?
所以金瓶也要从十兄弟结义开场!

没一个空虚的结尾,红楼如何收场?
所以金瓶孝哥要被普静和尚度化。

江湖聚杀气,饮食共男女,太实在。
超验性,中西一律? 基督也是佛陀!

朝东看,开闭开,上海的一间书店。
朝西看,开闭开,阿米亥最后一本诗集。

2015年11月23日

而黑暗就在那里
——和王寅《而黑暗就在那里》

草蛇灰线——珠儿帘子，般若波罗蜜多心经……
心经，怎么空了！《大学》①运行出现了混乱？

"一本书将发掘出许多内心事件"只在瑞士吗？
不，Ivan，②千万别在脆弱时爱上一个人！

为什么很急，因为成长漫长，岁月被未来隔开
为什么危险，因为青春可怕，而黑暗就在那里③

真的，全是真的！ 瞧，但不必像尼采那样瞧：
最珍贵的礼物是死亡，美丽的母亲一直在思考……④

2015 年 11 月 26 日

---

① 《大学》原为《礼记》第四十二篇。宋朝程颢、程颐兄弟把它从《礼记》中抽出，编次章句。朱熹将《大学》、《中庸》、《论语》、《孟子》合编注释，称为《四书》，从此《大学》成为儒家经典。

② Ivan，指 Ivan Bunin（伊万·蒲宁，1870—1953），俄国作家。

③ "而黑暗就在那里"，出自王寅一首诗的标题，见王寅著《灰光灯》，华东师范大学出版社，2015，第 24 页。

④ 为何美丽的母亲一直在思考死亡？ 因为诗人华莱士·史蒂文斯（Wallace Stevens，1879 年 10 月 2 日—1955 年 8 月 2 日）说过：死亡是美的母亲（Death is the mother of beauty）。

五噫歌①

噫！ 天使在活人中，死神也在活人中……

沙沙风声——向我袭来的上帝——破戒！

所有女知青②的恋爱都由先知的手笔写出？

噫！ 知青简书记激起我的好奇心和回忆。

生活还能期待什么呢？ 除了工作和变老，

噫！ 平屋前的梨子树好看，芭蕉树难看。

干尸还是人腊，前者书面语，后者口语，③

噫！ 一弹指，佛家语；一杯茶，赶场语。

噫！ 旧年飞逝，"请上下一道菜！"龙凤，

---

① 五噫，古歌名，诗五句，每句末用"噫"收尾。《后汉书·梁鸿传》曰：梁鸿东出关，过京师，作五噫之歌。"陟彼北芒兮，噫！ 顾览帝京兮，噫。宫室崔嵬兮，噫。民之劬劳兮，噫！ 辽辽未央兮，噫。"（梁鸿《五噫歌》）

② 知青，知识青年的简称，特指从 1950 年代开始一直到 1970 年代末期为止自愿或被迫从城市下放到农村做农民的年轻人，这些人中大多数人实际上只获得初中或高中教育。

③ 简书记（名字略），是我当年下乡时的知青红人，简书记不仅红，也专，即"又红又专"。他一下乡就当上了公社副书记，一高考就考上了北京大学德语系成为一名"七七级"大学生。

公正大队来得及,付来如八十岁来得及。①

2015 年 12 月 5 日

---

① 付来如,我下乡地方的农村干部,当时负责"知青"工作。我 1975 年去重庆巴县白市驿区龙凤公社公正大队当"知青"时与他相识、相交。我曾在《一点墨》这本书里写到他。在《泥璧山邮》这首诗里再次写到他。前几天,我的博士生王语行去我当年下乡的地方,为我开据下乡当知青的证明,又去乡下见到了他。付来如老师,如今已八十岁了,令人感怀,今朝醒来套写一曲古人五噫歌(每句不以"噫"字收尾,而是置前),亦可谓重作我们知青岁月的叹逝赋也。

纳博科夫 1942 年后小像

我"沿着书页奔跑,跑出去,跑进蓝色"
还是我吗? 转换国籍"像幽灵分成两半,
像蜡烛在镜子之间飞进太阳。"1942 年

决定性的一天,唯我的词语才能"画出
弧线,形成一座高架桥,跨越这世界"——

我坐在闪光的美国车轮上,一次次隐身
回到黑夜的罗斯,"舔着故乡的火苗"……

如今我名声破晓,刚入朝霞,时间还早……
"一颗灰星被雾霾笼罩",洛丽塔也还早?

我生命已如日中天! 我每日要抽四包香烟!

"请问你的愿望是什么,如果愿望是马?"
"飞马,飞马。"

2015 年 12 月 16 日

卷九
燕子与蛇的故事
(2016)

下午教育①

我传播着你的美名——教育
那偷吃了三个圆蛋糕的儿童
那无法玩掉一个下午的儿童

旧时代的儿童啊必来自重庆
五十年前的蛋糕闻到了幽闭
那是决定我前途的一个下午

家长们不老,也不能够歌唱
忙于说话和保健,手板煎鱼?②
下午! 总是敲打儿童的骨头

寂寞中养成挥金如土的儿子
这个注定要歌唱一生的儿子
但冬天的小诗人,拒受教育
冬天的小诗人,只剩下骨头

2016年1月3日

―――――――

① 此诗是对我写于1989年冬天的诗《教育》的完全重新改写。
② 四川老一代父母瞧不起孩子,他们在实行教育时,特别爱冷嘲热讽地说:"你做不到! 你如能做到,我手板心煎鱼给你吃。"这是一种激励法吗? 我倒觉得这更像是一种对孩子能力的蔑视和打击。

明清曾孃孃

出了豹房便入鹤屋
见完掌门又拜军门
别紧张,你放松些
草席上有一根鱼刺
拾起来,就可以了

其后如何? 我听成
气候如何? 曾孃孃
静脉曲张的意思为
小腿肚隆起了蛇形
肛门边凸起了痔疮

2016 年 1 月 4 日

甲状腺

声音无论大小,只要突然,就吓人
电话是种恐怖游戏,甚至死亡游戏

生气之后,终复归柔情,满空星河
身体入眠,香港梦里多出来一条狗

对于个人的高矮胖瘦,种族主义者
如今不再说美与丑,说基因,说那个

写诗的小人也有点但丁的痛苦;嗯
他的甲状腺一肿大,空气就变肥大

2016 年 1 月 8 日

出身论及书法的故事
　　——赠向以鲜

出自同一个家庭
向以鲜是白皮肤
他的弟弟是黑皮肤
一个像妈妈,一个像爸爸

出自一样的饭菜
妈妈三天不吃
直到我回家说:
吃,妈妈,毒药也要吃

出自一句诗
池塘生春草,园柳变鸣禽
"池"的三点水是爸爸写的
四岁时我从"也"字开始

一年一个笔划①
我会写到哪个笔划灭亡?

2016年1月9日,中午于遂宁某羊肉餐馆

------

　　① 据向以鲜说,古代的文人家庭有这样的风俗,从小孩出生时那一年,开始写"池塘生春草,园柳变鸣禽",一年只写一划。孩子年幼时无法握笔,由父亲代写,直到孩子能够执笔,才由孩子自己书写。就这样,孩子一年年长大,每一年只写一笔,一直写到死的那一年才罢笔。按康熙字典的笔划数,这句诗共118划,而人能够活到118岁吗?

医生之后戏剧指甲

一

医生匆匆跑过旷野,要去做什么?
是为了去解答日子有什么用?
医生,每个人的童年都是一个神话
消融分冷热,消融术有微波,怕么?①

二

冷淡戏剧者,何来戏剧性幻觉?
最早的指南针是放在指甲上的!②
对于指甲,诗人们说得够多了……
博尔赫斯! 他就曾用指甲造过战舰。③

2016年1月11日

———————

① 第一节参见拉金诗《日子》。
② 2016年1月9日下午,遂宁,向以鲜在"元写作"诗歌作品讨论会上,谈到了这个故事:"最早的指南针是放在指甲上的"。
③ 我曾在我的另一本书《白小集》中说过:"博尔赫斯感兴趣的事:用死者的指甲造船。"

问　物

为何病患穿条纹蓝大褂，医生穿白大褂？
为何人体解剖是道德问题，也是医学问题？

为何许多诗人写诗不精确，而韩东很精确？
为何那儿子叫唐瑛，有时他真想疯一疯呢！

唉，最富时代气息的干部帽如今早已作古
盯人，我们用妩媚眼；盯钢琴，我们用电眼？

每一个物都有一个词，但很难找到；物不寻找，
就这样一直等着，等着被那个词唤醒。

2016年1月12日

鱼　嘴

世上什么样的嘴最渴？　鱼嘴！

世上什么样的嘴最老？　鱼嘴！

世上什么样的嘴最苦？　鱼嘴！

世上什么样的嘴最笨？　鱼嘴！

无妨，重庆有个地方叫鱼嘴。

都江堰飞沙宝瓶还有个鱼嘴。①

杀鱼不悲鱼之血，因为鱼嘴？

杀鸟但悲鸟之血，因为鸟嘴？②

2016年1月12日

---

① 都江堰由鱼嘴、飞沙、宝瓶口三部分组成。

② "杀鱼不悲鱼之血，杀鸟但悲鸟之血"出自日本作家斋藤绿雨（1868—1904）的一段话："以刀宰鸟而悲鸟之血，以刀宰鱼则不悲鱼之血，此有声者之幸福也，亦即当今所谓诗人之幸福也。"

一个舞蹈演员爱的一生

年轻时我从青海去塞浦路斯跳舞
有个年轻的中国外交官爱上了我

后来我去南京找爱情,在后宰门
找到一个无线电诗人,一个画家

如今我在兰州只爱红艳艳的石榴
浪酒夜复夜,独缺大姨妈大姨父

2016 年 1 月 14 日

良民证
——抗日战争记忆之一种

进城入城要出示良民证
摆个摊摊要出示良民证
散散步也要出示良民证

良民一词起源于朱元璋
良民证来自日本的模仿
良民证发放五分钱一个

忠诚的人才会有良民证
不忠诚的人则绝对没有
镇江爸爸巷的人忠不忠?

2016 年 1 月 18 日

在此星球

在此星球,佛说镇江有个爸爸巷
大爸爸巷,小爸爸巷

在此星球,佛说杭州有个孩儿巷
大孩儿巷,小孩儿巷

在此星球,佛说何处有个妈妈巷
大妈妈巷,小妈妈巷

在此星球,南京城有个石婆婆巷
某人在那里打太极……

2016 年 1 月 19 日

忆旧游

有一天,我突然看见你出现在诗生活网站
正在演讲的你笑着……,我大吃了一惊……
这不可能是真的! 二十四年前的那个下午
九眼桥附近,你曾给我看过你刚拍的相片。

昏暗天光的科技大学宾馆,我们朗读幸福……
明清茶楼,我裤子包包上的扣子咔嚓失踪。
晚餐说来就来了,街边亮灯的小房子饭馆
我们似曾相识的童年? ……谁正在生气?
谁扯到贝肯鲍尔,布考斯基? 现在川大的
德国留学生? 你说你不喜欢他们只爱生意。

又钻出个画家,千万别和他的鬼影子谈心!
青春霍霍有点空,转念你的爱丁堡大学近了。
莫言檀香刑,他是个作家,他饿,他吃过煤,
他得了诺贝尔文学奖。 你说这一切对吗?

2016年1月21日

变

世界要为之颤抖,我弯腰
拾起一粒沙,走两步扔下

花钵边有一根横放的细发
怎么一夜之间竖着斜放了?

我的盆舟没有人戏弄吗?①
寻香之路逼近柔佛,②荷兰

——自由贸易即自由海洋……
它的美德是——摆脱约束!

2016年1月20日

---

① "我的盆舟没有人戏弄吗?"见卞之琳诗《距离的组织》。
② 柔佛是马来西亚十三个州之一,位于马来西亚西部的最南端,也是亚洲大陆最南端的陆地,东面是南中国海,西面是马六甲海峡,南面隔着柔佛海峡与新加坡毗邻。

真　的

1921 年的杭州哪来水蛇腰，是一个短发城市
早夭的宁波人崔真吾，真的是希腊的！
无福的应修人呢，也是真的作白话诗
——"腊梅花儿娇，妻的心事我知道。"

真的，"当他们年轻时，个个都是好人。"
真的，没有人想起那些永不再相遇的人了吗？①

2016 年，我就想起了十九年前见过的摩洛哥小商人
他很年轻，他在巴黎十三区开了一家小杂货店。

2016 年 1 月 23 日

---

①　"没有人想起那些永不再相遇的人"，见舒丹丹译拉金诗《降临节的婚礼》。

燕子与蛇的故事

燕子在漆黑的卧室疾飞,什么状况
睡下的父亲披衣擎灯引它来到堂屋
抬头望,梁上燕窝旁,垂下一条蛇
那蛇口里衔着另一只不动弹的燕子

乡间万籁俱寂,我们赶紧绑扎镰刀……
蛇吐出燕子溜了,狗叼起燕子跑了
什么状况,狗突然栽倒,中毒死去
翌日清晨,千万燕子盘旋我家上空

堂屋的气温、气流、风,年年依旧
什么状况,从此燕子再也没有飞来
许多年后,不,又过了一个半世纪

我想到的怎么不是那晚求救的燕子
不是父亲高举镰刀发出的嚯嚯吼声
而是动物越安静,越令人害怕——蛇!

2016 年 1 月 24 日

说明: 本诗主要材料来自黄曙光博士讲的故事。 特作说明,以志感谢。

对 酒

"南京使我感觉空虚，空虚到没有寂寞，也没有惆怅。"
——胡兰成《记南京》

操琴者真的在梦游中摸水呢，醒来……
而石缸里的鱼嘴已老了，在哭……

破晓古铜听见一个身体，又一个身体……
磨光的金属天空有何不妥？"左右也是个不对。"

转眼消息正好，浓荫下，光阴里，夫子庙
那卤味不错，恰外遇酒肥、人肥、诗肥。

写于 2012 年 8 月 12 日星期日清晨
改定于 2016 年 2 月 5 日晚间

忆柏林

> 主啊,这些事的结局会是怎样呢?
> 去吧,但以理,这些话已被封印……
> ——《旧约全书·但以理书》

那曾有的气味要等到八十七年后
某个五月的早晨才能被我精确嗅出
那死去的声音是活的,每分每秒
都来到我的耳畔,不停地讲述……

那司机扛着半边冻猪肉,弓身穿过
人行道,快步踏入屠夫红色的肉铺
看见这幕晨景的人,为什么不是我?
纳博科夫! 这是韶华易逝的柏林啊
一个想说声"谢谢"的柏林,合上书
高兴之余,我想起旧约漆黑的开头……①

2016 年 4 月 30 日

---

① 这一节说的是纳博科夫一个清晨在柏林的观感。 诗并非总是"忧伤的玫瑰"等待着诗人去发现,他能够从正在工作的人的平凡行为中见出美: "骑着三轮车的脏兮兮的面包店伙计啦,把邮筒清空的邮递员啦,甚至那个正在把牛肋肉卸下来的司机":

但是也许最好看的是那些肉块,铬黄色,带粉红色斑块,一圈一圈的涡形图案,它们堆在卡车上,那个系着围裙、戴着皮帽、后沿披挂到脖子上的人正把每片肉块搭到背上,弓腰将它从人行道上搬到红色的肉铺里去。(参见博伊德:《纳博科夫传:俄罗斯时期》,广西师范大学出版社,2009,第 331 页)

一位轻盈的母亲

我们并不是忘记了时光
而是对时光全然不知晓
晚年有何不可测的秘密?

轻盈的母亲总是轻盈的
她老年丧子是轻盈的吗
她信了基督也是轻盈的

伏尔加河,我的小妈妈
精神分析,古老的波浪
怎么啦,地下水在奔涌……

那是 1943 年秋,我写着
老派的诗,在幽黑柏林:
我归来时头发还不曾白
我为此而欣喜。① 多么轻盈……

2016 年 5 月 19 日

---

① "我归来时头发还不曾白。我为此而欣喜。"布莱希特诗句。

耳顺之年的回忆

大地,唯一的一次,年轻的年——1966
无论抱得有多紧,一眨眼,你抱着的已是一个老人。

破晓前最后一颗明星,窗户亮起如远方……
希腊的一幢楼房? 啊,我害怕(石榴树下)……

"于是乳房如帆,被远方涨满
……就这样,女神上岸了。"

从重庆上清寺邮局到南京中山门外卫岗
思念使我呼吸混乱,几近窒息,胃痛了一天……

芬……? 还是侠,还是峡……五十年后,

在通往犀浦的早班校车上,我注意到:
绳子断在细处,事故出在松处。Power China,①你没早说!

2016年6月3日

---

① Power China,中国电力建设集团有限公司(简称"中国电建")。 "绳子断在细处,事故出在松处"为"中国电建"安全施工的宣传语。

在世界

一

瓦纳卡湖中的孤树,日出时分
令人惊恐! 它预示了什么命运?

风带来意义,它自己没有意义
生活不带来永恒,只带来算术
叶儿挂在树上,话儿挂在嘴上
我想学鸟语不学鱼语,妈妈桑!

二

犹太人的命运因死才显得非凡?
彼得堡的白夜,白得可以穿越
巴西! 热死了清教,热死了人
泪水岂能永远新鲜呢,阿米亥

在中国,有一种眼泪,叫宿泪
在世界,边缘人有点像边缘蛇!

2016年6月27日

在轮回的长河里……

天天在阴沟为热带鱼捉线虫
那少年是不是神经出了问题?
1966 年,我不过提前完成了
我一生漫长的夏日工作。

在轮回的长河里……
我是一个江西女尼,
我是一个西昌农奴,
我是杭州刺史白居易,
我是梁朝萧纲简文帝,
……

我
为使那老人的少年狂平静下来
我说他胸脯曾有上万美人枕过①

在轮回的长河里……
人,痛上加痛;人,喜上加喜;
人,坟上加坟;人,没有仇敌。

2016 年 7 月 5 日

----

① "胸脯曾有上万美人枕过",参见傅浩译叶芝诗《摩希尼·查特基》。

江南来信

春风总是十里,秋雨只有一灯
看杜牧登楼的人却偏偏来自德国①

吃饭也是种玩耍解闷哩,热即苦
老信即发烫! 我一碰它就喘气

为防止开春后蛆变苍蝇,冬天
我到上海乡下粪缸边用筷子夹蛆②

唉,游仙人何必非补晴天缺陷呢
跑步党应该再升一级! 跑步教。

2016 年 7 月 30 日

---

① "看杜牧登楼的人却偏偏来自德国",在此指德国汉学家顾彬,他青年时代曾在大学研究杜牧,并写出了有关杜牧的博士论文。
② 这一节来源:从微博读到复旦大学英语系教授陆谷孙(1940—2016)一篇回忆文章:《身在丝绒樊笼,心有精神家园》(陆谷孙口述,金雯整理),其中一个情节让我十分吃惊:"大冷天跑到江湾乡间的粪缸旁边,用筷子夹蛆,这是为了防止开春后蛆变苍蝇。"

1978 年的恋爱

此时瑞典在吃早饭。 五十五岁的他
在深圳一间电脑公司突然想到自己的过去:
我二十二岁,追逐着一位幼儿园女教师。
重庆还远吗? 斯德哥尔摩更远……

但长信宜于春夜,我写,1978 年……
她整个身子都显出幸福,读我的诗?
她高兴得跳舞,我有军人的仪表?

很快,异国从上海复旦大学来……
很快,我打往北京的长途电话,她泪流似海。

写于 2011 年 9 月
2016 年 8 月修订

命定的时间
——兼赠马强律师

南洋人的头发黑得乌油亮
是因为鸦片烟膏,而非花。
某星期天早晨你被热疯了,
河南在大汗里已无法辨认。

她不在弗吉尼亚理工大学
就不会是一个骑蜘蛛的人。①
律师不在京都跑步,不会
想起瘦哉少年,快哉少年。②

风有时专用于联络,有时
也吹来母牛交媾时的呻吟……
星际旅行呢,刚让他去了
趟八十亿年后的未来世界

万有引力之虹呀,性本恶?③
人度过自己一生命定的时间。

2016年9月5日

---

① "就不会是一个骑蜘蛛的人",出自倪湛舸诗《贪嗔痴》。
② "律师不在京都跑步,不会想起瘦哉少年,快哉少年",借用我的老同学,现为美国移民律师马强在日本京都度假跑步时的感慨。
③ "万有引力之虹","性本恶",为美国小说家,也是纳博科夫的学生托马斯?品钦两本小说的书名。

1837 年的谢甫琴科

在彼得堡 1837 年夏天明亮的白夜里
作为一个农奴，我的诗来到一个花园
向一个得了邪病的姑娘放射出光芒……

用红绸、蓝绸或麻布遮盖死人的眼睛，
乌克兰，难道母鸽热爱公鸽也会有错？
错！ 她爱他，就去把另一个她掐死了。①

从此，我几乎每首诗都要写到黑眉毛呀
一百七十九年后，一个三月寒冷的大晴天
我注定要在巴黎拉丁区一间小教堂看见你。

2016 年 9 月 7 日

---

① 第一节、第二节可参见戈宝权翻译的谢甫琴科诗《一个得了邪病的姑娘》，《谢甫琴科诗集》，人民文学出版社，第 19—29 页。

过秦淮

升入蓝空的是布呀,不是柿。
人间乐事,肥猪头烧得软烂?
1901年,有个日本人过秦淮,
走马先行非小狮,陆八家。①

吉。 凡事无有不利,淮水无绝……②
多年后,有个中国人过秦淮……
无穷尽包裹万物的风吕敷啊!③
我只要取一匹,来包我的讲义。

2016年9月9日

---

① 第一节三四句是说日本作家永井荷风的父亲永井禾原1901年畅游南京秦淮事。可参见大木康著作《风月秦淮——中国游里空间》,联经出版事业股份有限公司,2007,第14—15页。诗中"小狮"、"陆八"皆妓院之名。

② "吉。凡事无有不利,淮水无绝……"郭璞语,参见《晋书·王导传》。

③ 风吕敷是日本传统上用来搬运或收纳物品的包袱布,也就是我们所说的包袱皮,日语中"风吕"的意思为"洗澡","风吕敷"是诞生于澡堂的物品。

在古宋①
——赠赵野、邓翔、北望②

人，如果午饭后不打牌，
无所事事将成为他最难的职业。
在南方，美总是从下午光景开始……
接着多么空虚的一句逸出（不是我写的）：
鸟儿总携带年少的春云朝向我老年的回忆……

人之一生，如果只一天到晚打电话呢？
雨燕就从巴黎教堂的矮烟囱里飞进又飞出……
秋天，别的国家，别的幻觉，我们已漫游过……
赵野、邓翔，还有数学般慷慨的北望，还有，还有……③
还有一天，我们定会在古宋感到一种朝鲜边境的悲剧……④

2016 年 9 月 15 日

---

① "古宋"，指四川兴文县古宋镇，当代著名诗人赵野的出生地。

② 邓翔、北望，皆曾经极端年轻有为的第三代诗人。

③ 还有，还有，还有谁呢？还有一个长长的四川大学当年诗人的名单：胡冬、胡小波、唐丹鸿、钟山、温恕、闲梦、杨政……当然还有最早的游小苏、唐亚平。

④ 结尾一句说什么呢？从青春叛逆终到老景收场？或暗含别的深意？还是不说吧。

暹罗的回忆

年轻真好,头一碰枕头就睡着了
中年时节,一个激灵便醒转来,亦好
事情有何奇怪呢,我记不得我的父母了……

那儿童在夏天的热风中浓睡,更好么?
失踪那天,他只记得有个玩具象从手上掉落

下午,突然变阴凉了,一个下坡,一个上坡
森林、森林、森林! 后来我就只记得森林出现了……

2016 年 9 月 15 日

拍案惊奇之一
　　——兼赠萧瞳、文迪

这人间，铺路工怕路，游泳者怕水，行行怕行行。
我写诗半个世纪，才懂得了这么一点点道理。

岁月天天过，百千足球要来为我惊呼！ 根管治疗！
位置、位置，又多么精确！ 我母亲同一颗牙齿！

临江门①，非凡热，我的少年时代，我的老家，
我姑妈的朗读和舞蹈，王晓川②的春夜长信和诗篇……

如今，幸福的人从仁寿来，他爱上了中医和国学……
那意思真的是"所有的鼻子都指向北方"③吗？

嗨，托马斯，你第一本小说为何非要去墨西哥写？④
我在想，并无死亡迫在眉睫，只是态度已火烧眉毛！

2016年9月17日

---

① 临江门，位于重庆市的城市中心，从此处可俯瞰嘉陵江。
② 王晓川，我的高中同班同学，我多次在诗歌里写到他。
③ "所有的鼻子都指向北方"，见伍尔芙随笔《太阳和鱼》。
④ 托马斯第一本小说非要去墨西哥写，说的是托马斯·品钦第一部小说《V》在墨西哥写成之事。

紧张人对轻盈人说

临死人何必害羞,但可以迷茫……
我的眼镜生意呢,还得做下去……
"波兰,波兰,那儿冷极了。"
深夜墙体变得活跃,发出声音……

"燕子的心啊,请可怜他们吧!"
他们的命活得没有一条围巾长。
护士动作轻轻,门前李树青青……
一首好诗来自《医院的报告》?

方便法门说穿了就是方便生死,
而蚊子总想要多一分钟的永生。
冬天! 我凭冲动把信投入邮筒!
真像你从前酒逢知己喝高了的时候。

2016 年 9 月 20 日

V①

> 她当务之急的事是鼻子。1960年,纽约,动个鼻子手术八百美元。
> ——题记

> 她对自己6字形鼻子的憎恨使她坚信这句悲伤的大学本科生格言:"凡丑陋者必倒霉。"
> ——托马斯·品钦《V》第四章

改造鼻子可以改造人的内心。
你想要什么样的鼻子? 电影!
鼻中隔手术手到擒拿,这不,
犹太鹰钩鼻将变新教翘鼻子。

插入拔出,切肉锯骨,缝针。
从旧貌到新颜,我有些恍惚;
精神不恍惚如何与神灵交流!
胜利后海地伏都教继续帮忙。

2016年9月21日

---

① V,胜利的手势、分开的大腿、大雁的人字飞行、叉开的拔牙钳……。而最重要的是:V,是托马斯·品钦的第一部长篇小说的书名。

一个女诗人的一生

如瞌睡节俭的鹤只顾飞,
一日之间飞过了四十九年。

在俄国,有多少万尼亚?
万尼亚舅舅,万尼亚男孩……

鱼子酱呀! 生命之奢华;
你说鱼子酱也意味着死亡。

报纸开始变厚了,那是
我们从纽约学回来的颓废。

一件事做两次,是重活。
人,哪里还来得及流泪,
告别,已让她兴奋得要死。

说明:本诗中许多本事说的是俄罗斯女诗人玛丽娜·茨维塔耶娃。譬如头节诗,说的是她只活了四十九岁。

2016年9月30日

杭州:出夏入秋

凉气袭人……英国的夏天①,不说也罢。
说中国桑拿天减肥反影响了西子②样子。
江南无白发,今生今世何以见证不朽?
真没想到是热,让我重回南宋的京都。

热翻天,杭城内铺铺连云,肉肉接壤
画船趁此入西泠,星球下的纯真年代
很快,秋天要黄了,那是说黄人更黄!
那是说水龙腰子将是最后一道南宋菜?

2016 年 10 月 1 日

---

① 为何开篇要从英国的夏天说起? 这犹如我们的人生戏剧也可以先从英国的莎士比亚——接通临川四梦的汤显祖后——说起。
② "西子"即著名中国古代美女西施。

橘子

军营、山岭和植被包围了我最初的文学道路
夜里我不想学习,我要做电影梦,我要逃避
还有何不能忍受的呢? 人生如此短暂。 橘子!

同样是橘子,有人说发条橘子,你说烤橘子
在德国,橘子专用于谈心是张枣的一个发明
奈保尔低头看着手中的橘子说:我要勤奋

有生之年有什么呢? 有钱,但让他付出代价
又是橘子吗? 演春与种梨之后,我要来种橘
无论何种政治,花儿总要开放。 人要吃橘子……

2016 年 10 月 7 日

谁灯灭谁人死

下午,有一种鱼叫白额黑雁,记住星期五吃。
下午,我爱上了加尔各答蜿蜒狭窄的热街。

列日,一种香烟的牌子,我早就说过;
列日城市荒诞! 像一部半诗半文的作品。

神在日本对小孩的父母说:别吃太多。
神在伦敦曾对斯威登堡说:别吃太多。
神不说了,让巴尔扎克一个人来说:
巴黎三万乞丐早上起来不知去哪里吃饭呢!

冷淡若豹,敏捷若蛇,可以这样形容人吗?
每人一盏灯于陋巷或先贤祠,谁灯灭谁人死。

2016年11月2日

几件事

与岳父谈农事,我欲写农事诗?
1920年,我要在长沙做些啥事?
做诗《爱晚亭》,致信胡怀琛

阅卷、烤火、吃梨、思索史诗
杜诗好处在拙? 有人说你批错

早餐吃五个鸡蛋。 临睡前几个?
又是鸡蛋糕和热牛奶,多不多?
1925年在河南,看女人戴帽子
若大面盆,身体运行蛮强沉重……

近成都,土娼黄瘦,令人惊痛
我在床铺上捉拿臭虫一百余头。

这有什么稀奇,1943年的冬天,
纳博科夫说:战争过去,臭虫留下。①

说明: 本诗素材取自王峰博士专书《吴芳吉年谱》。

2016年11月4日

---

① 结尾两句出自 Stacy Schiff 著《薇拉:符拉基米尔·纳博科夫夫人》,广西师范大学出版社,2011,第116页。

阿米亥开始刺激

东西都来自远方,所以生活在别处
不是人,是风,先于人感觉到爱情

她太文明了,而我只喜欢粗鲁的人
那夜,你骑马似的坐在我身上,催眠……

夫妻双方爱得更深的一方先死。 唉!
我的爱推迟着我的死期,耶路撒冷

零点一秒钟能记住什么呢? 阿米亥!
人们喜欢在镜子前日,日向光明——①

2016年11月10日

---

① 诗中句"你骑马似的坐在我身上","我的爱推迟着我的死期","人们喜欢在镜子前日,日向光明"等三句诗,皆出自耶胡达·阿米亥的诗歌。

一生

年轻时谈论死亡的人自信,陆忆敏……①
老年时谈论死亡的人不是恐惧是迷信
不到临终前,那预言一生也不会显现:
"我要喝水,我是吴宓教授……"

中年没有空白,你想象那怀旧的年代
大病初愈的平静和兴奋后的平静……

2016 年 11 月 11 日

---

① 本诗第一句是说诗人陆忆敏,年轻时写了许多至美的谈论死亡的诗。

扫墓

> 发明干哭的人发明了世界末日。
> ——耶胡达·阿米亥

宁静有时更是一种气势!
墓园的小坟一个挨一个……
纪念的人低头站得笔直。
不纪念的树也站得笔直。

孤独的人呢,单手单脚?
你有双手双脚何来孤独?[①]
就一会? 早晨总是一会?
上车后下车,住院出院……

任何人的生都是我的生……
任何人的老都是我的老……
任何人的病都是我的病……
任何人的死都是我的死……

2016 年 11 月 13 日

[①] "你有双手双脚何来孤独",出自傅浩翻译阿米亥诗《宁静小曲》:"你有两只手和两只脚——你并不寂寞。"

临刑前

那对母女临刑前两个半小时还在吵架……

母亲认为所有动物眼睛中唯有羊眼像人眼。
女儿却说全世界日升日落的美都不如印度。

多年后,我唯一的不快是马不停蹄的不快。
快!"屁股是充满拯救的弥赛亚"!①

你二十岁,他六十岁,有什么可怕的呢?
三千年后,你们乃"属于同一考古层"。②

2016 年 11 月 16 日

---

① "屁股是充满拯救的弥赛亚",出自傅浩译耶胡达·阿米亥诗《给女按摩师的赞美诗》。

② "属于同一考古层",出自傅浩译耶胡达·阿米亥诗《爱情纪念日·在人们的迁徙中》。

偈

> 人在镜中原孟浪,身于药下最踌躇。
> ——金圣叹

一

生死事大,无常迅速。
今年所作,明年必悔。
咽处加咽,艳处加艳。
鱼在海中,没有头数。

二

鞋上还魂,碗边显圣,
王摩诘通身是个世界。
虎生三子,必有一豹;
樱桃一笼子半青半黄。

三

上界入玻璃,早凉早起

逐凉行，藏头白海头黑①
借光？　笼袖人成作揖人
秘戏图考②又来个荷兰人

2016 年 11 月 19 日

---

① 藏头白海头黑，著名禅家公案，参见《碧岩录》第七十三则。
② 《秘戏图考》为荷兰人高罗佩（Robert Hans van Gulik, 1910 - 1967）所著的一本有关中国古代房中术的书。

柏林夜舞
——记西林与薇拉

潜鱼通圆波①之后
鹤总是飞往西方
衣服摸上去已凉
穿到身上就热了

清风从黑海吹来
还是从船上？ 他
越细究便越生气
那没喊出的痛苦

柏林夜舞的诗人
栗树下爱情非凡
刚刚才开始，她
还像枪一样美吗？

2016年11月23日

---

① "潜鱼通圆波"，见金圣叹诗《池上篇》。

纪念簿三幅题词

一

他从这里走向了世界
你从世界回到了这里
我年轻时的艺术兄弟
有人说你老成了树皮

二

"声音,永远只能是
一个回忆。"而恋爱
(你乐于在深夜炫耀)
如节日,可等不可求

三

谁扛起了黑暗的闸门
让人通往希尼铁匠铺
圆宝盒里有具小尸体
白螺壳里有个丰饶角

2016 年 11 月 23 日

风从东方来①

那么我的心怎么可能在高原？②
我的心在东方，它无所事事……
那么采风呢，不仅在苏俄，也在
我国，那是作家协会的赏心乐事

还有"美院学生手脚麻利"③——
苏联如此，中国如此，哪里不如此？
还有"上帝，创造了飞快的家燕"
可奇迹并不是喜悦，是惊慌！

妈妈，为什么1926年有一种
男性美貌，注定要活得像1935年？
老是他者的事。 死是他者的事。

未知生，焉知死④，马雅可夫斯基
你提着两个小胡萝卜不是去做汤，

---

　①"风从东方来"是1959年中国和苏联首次合作拍摄的故事片。

　②反用罗伯特·彭斯（Robert Burns，1759 - 1796）民歌诗《我的心在高原》（My Heart's In The Highlands）的首句。

　③"美院学生手脚麻利"，"上帝，创造了飞快的家燕"，见德·贝科夫著，王嘎译《帕斯捷尔纳克传》，人民文学出版社，2016，第224页。

　④未知生，焉知死，见《论语·先进》。

不是回家,是到爱人家去做客①。

2016 年 11 月 29 日

---

① 最后两行出自余振译马雅可夫斯基长诗《好!》

马雅可夫斯基说家常

> 你还在唠叨着石油吗?
> ——帕斯捷尔纳克

我愁得很但眼睛大,我
牙齿烂黑,却一头浓发
我剃头宣誓,绝不读书
我穿黄衣服挑战小市民
的西装。 我用鼻音朗诵
俄语,这患感冒的语言
(法国数学家 Alain 却
认为用俄语读诗最好听)
再来说一说我的家人吧:
我对母亲尊敬但不亲近
我两个姐姐丑得像漫画
我岂止不爱她们,我对
她们一辈子都忍无可忍
俄罗斯呀,最后我要说:
雪的丑怪,我不是你的!

2016 年 11 月 30 日

教育

> 解构起源于尼采说的没有事实,只有阐释?
> ——题记

在英国,不适应社会的人才去做教师
在芬兰,教师是全民族的英雄
说话狂和塑造狂呢,也去做教师?

在重庆吗,"春蚕到死丝方尽"。
我还记得那中学书记的谈话室……
那妈妈的借书房,画报随便拿……

数学、阅读和科学——中学的核心
——国际教育的必修课(精装修)
而共济会的秘密,至今无人知晓……

文艺学——翁贝托——意大利——
人类十五、六岁的样子,诗如手淫……①

2016 年 12 月 21 日

----

① "十五、六岁的样子,诗如手淫……"翁贝托·埃科的观点。 参见其《我们是唯一知道自己必然会死的动物》(《巴黎评论》采访翁贝托·埃科)

卷十

南洋日记

(2017)

苏州的四季

一

称水也是称人生。《僧道行书》：
白鸡祭灶对蚕是有好处的。

鞭春吴自牧，打春顾铁卿——
美谶！人不摸春牛不得日新。

清扫隔年地，开口吃果子。
我问朱鹿田：感旧要添看面人？

怎么又是江西人偏来苏州谋生——
测字、起课、算命、相面。

二

何谓咬春——立春日吃春饼。
何谓去病，妇女走三桥走脱了百病。

烧香是一种修行，在苏州
十庙香烧完后，烧回头香
犯人香烧完后，烧草鞋香
碧螺春一出来，吓杀人香
四月麦秀寒，五月温和暖，立夏吃黑饭

三

乘风凉喝茶,半生缘晒书……
端午,我们要来称人的肥瘠。

人人有生日,物物有生日
荷花的生日,六月二十四日
靴钉的生日,九月十三日
十月五日,风的生日
……

秋天,为盐菜取一个好听的名字
——春不老。

四

山塘过年围炉,酒后思橘……
其实是酒后思人(名字保密)。

这天屠人还扛不扛元宝来——
那脸,那皱如寿字的风干猪头?
莫等闲,盘龙馒头后有安乐菜

不要舞,不要舞,不要舞
腊雪是被子,春雪是鬼子
听完叫火烛,我们打埃尘——
十二月二十四日夜,扫舍
阖家欢,人媚人莫如人媚灶。

2017 年 1 月 2 日

人散天已晚,遂想到……

人的消失不是倾斜着的,死无左右之分;
也不是侧着身子的,死不需要谦逊姿势。
那么契诃夫呢? 他说:"Ich Sterbe!"①
然后喝完香槟酒,向左边侧身躺了下来……

人的消失全都是平睡着的——寝如尸?②
也有站着的,在瑞典我就见棺材竖着放。
我国呢,难道还真有人宁肯站着死?!

2017年1月4日

---

① "Ich Sterbe!","我要死了!"(德语)
② "寝如尸"化脱自孔子的"寝不尸"。

东西护身

在北京,人人都爱说我是胡适之的朋友
在威尼斯,只有你会说你是庞德的朋友
水上有浮水印,风像人一样掠了过去——
这可不是幻觉,我看见风人刚旋入水阁……

同样逢水城,意大利和中国真的不同;
同样是朦胧,美可以在"齐腰深的雾中"
为什么就不能在齐腰深的霾中?! 人
约黄昏后,我们去看丰子恺的护生画集。

吾国科学探究很难,苦难入户核查更难……
黑字白纸(反过来)白字黑纸,太容易了
随身携带痛苦护身符的诗人只有蒙塔莱?①
"不"这个护身符左右开弓!② ——张枣

2017年1月7日

---

① 蒙塔莱(Eugenio Montale,1896-1981),意大利诗人。
② "不"这个护身符左右开弓,见张枣诗《护身符》。

一次旅行

下午四点四十二分,挂川,①
汽车休憩站升起一轮圆月。
横风注意! 为什么? 莫非
女导游真关心人类的肠子?

坏人也是感人的,这冬天
她准备在大阪得手,可她
得了癌症,她有两个孩子。
而更多的孩子围着她拍手。

二月堂,三月堂,四月堂……
春在堂。 我一生的两小时?
纳豆精中国已被命运选定。②
再见,奈良。 再见,日本。

草成于 2017 年 1 月 13 日奈良游后,1 月 15 日写定

---

① 挂川,位于日本静冈县西部的一个市。
② 中国人信服保健药品自古而然,早已成为一个传统,或说得更准确些:早已成为中国人的一个基因。 今人吞"纳豆精"(nattosei ex gold),犹如当年(1980 年代)举国人喝"太阳神",后又吃"脑白金";再说得更远些,魏晋文人,几乎个个食"五石散"。

藏

冬日藏于黑,夏夜藏于白,只在永恒的瑞典?
你不安的前额藏于黎明①,在意大利一九五六年。

京都法然院藏于阴翳,谷崎润一郎才写阴翳礼赞?
玉兰也不藏于玉兰,在成都,她喂了他一口奶。

日本国,牙刷如铁。 日本人,牙齿如钢? 无藏。
为了等着被吃,盘餐里烧好的小鱼嘴一律张着……

2017年1月18日

---

① "你不安的前额藏于黎明",参见蒙塔莱《生活之恶》《刘海》,第121页,华东师范大学出版社,2017。

冬天

你在卫生间白瓷砖上打死了一个蚊子。
是什么心情？ 你会像蒙塔莱一样内疚？

生命枉自多，这说的是中国吗？ 肯定！
一个一个死比一批一批死更令人心痛。

仁爱，不会来自家庭，会来自哪里？
吴向阳对其它蚊子说："以儆效尤！"

2017年1月21日

费解

"数字是真理的否定。"多么费解。
日本和服像囚服,难道也费解?

脚延伸出袜子(鞋子)……
手延伸出筷子(刀叉、枪或笔)……
费解的心延伸出什么……

衣服早就成了皮肤的延伸。
眼镜后来成了眼睛的延伸。

麦克卢汉[1],我还有一个问题:
回忆的终极任务是什么? 遗忘是什么?

2017年1月22日

---

[1] 麦克卢汉(Marshall McLuhan,1911-1980),20世纪原创媒介理论家。

南洋日记(3首)
——赠诗人游俊豪博士

一个谜

看不懂地图的曼德尔施塔姆从不迷路,这是一个谜。
迷路人李商隐的兄弟总能够准时出现,这是另一个谜。

晴空下,一切都是新的,什么都不会老,不会死……
Nanyang Heights① 某楼里有个微波炉非要一副厚手套!

多么神奇的事,我在六十一岁零三天时遇见了雨树。
北洋,可以是瑞典吗? 南洋,来到我童年的新加坡。

2017年1月24日,写于南洋理工大学校园漫步时

散步南洋谷……

何须去阿尔卑斯山谷找寂静,
径直去南洋谷星期天的黄昏;

---

① Nanyang Heights,即"南洋高地"(南洋理工大学校园内)教师公寓楼小区,我就住在这个小区里。

大象被乌鸦浪费了，新加坡
守恒，唤来沙丽不招引和服。

虎头蛇尾的通信人是自恋人。
爱比赛回忆的人是怕孤独人。
岂止瑞士老是下雨，卞之琳！
自从你来到这里，天天下雨。①

Bodleian② 有一册晚晴园抄本——
话说孙逸仙伦敦蒙难记之后……
爱源于不了解和不满意。囧？
Jurong！ 是裕廊，不是玉廊。

2017年1月31日,于南洋高地,31A,04-01室

浓得化不开

看南洋大道日起日落，有多少回浓得化不开？
三十五年来，我未因无所归止出神凝视过一次。

猪水潭③还在吗？ 那科学家身上油油的，全是汗；
他抿紧嘴，把一片钥匙插进小信箱生锈的孔洞。

———————

① "自从你来到这里，天天下雨。"参见卞之琳诗《雨同我》。
② Bodleian Library，波德林图书馆，为牛津大学图书馆，是英国历史最久，最重要的图书馆，藏书只供参考，概不外借。 现藏420多万册印刷本和5万册手抄本。
③ "猪水潭"见徐志摩写于民国十七年的散文《浓得化不开》。

徐志摩,这胖胖的荷兰老婆都让你抱瘪了呀;①
八十八年后,你我的新加坡依旧是浓得化不开……

2017年2月4日,于南洋

---

① "这胖胖的荷兰老婆都让你抱瘪了",依旧见徐志摩写于民国十七年的散文《浓得化不开》。"荷兰老婆",Dutch wife,南洋人睡眠时夹在两腿之间的长形竹笼,以免酷热中皮肉粘贴之苦。此物是从中国传入东南亚的,古人称之为"竹夫人"。

柏桦自撰文学年谱

1956年1月21日，生于重庆市北碚区。

1963年，在重庆市中区大田湾小学读书，有两位女教师和一位男教师给我留下深刻印象。一位是年近五十岁的老处女，我的语文教师，她收养了一个男孩，每日下午她都要用一把木尺打他的手掌。另一位是代课的年轻女教师，她在春末夏初穿着长裙，脸上长满青春的粉刺，她讲课若有所思，她讲到燕子，这个生物让我从此牢记。还有一位机灵的教数学的男教师，他好像热爱所有的学生，但对其中一位优秀生特别钟爱，我开始初尝嫉妒。

1966年文化革命，停课，日日学习"老三篇"、毛主席语录、毛泽东诗词若干首。我最初的文学经验由毛文体传授，审美经验由毛诗词培养。后来才深切感受到什么叫一个时代有一个时代的文学。同时也读偷来的书：《三国演义》、《水浒传》之类。

"文革"期间目睹大量"武斗"、焚烧、杀人。夜晚聆听大男孩背诵阿尔巴尼亚电影台词，听他们说书，即迷人的"一双绣花鞋"的故事。在我印象中整个"文革"尽是红色夏日，我不知疲倦地奔跑，深受紧张的刺激，若箭在弦上。

1970年初识风景之美，去重庆歌乐山上的一个小镇山洞读初中，那是令我永生不忘的重庆市第 15 中学校。那时男孩们拥抱入睡，真是 A terrible beauty is born!

1971 年转入市区，上清寺，重庆市第六中学校继续初中学业。这时与彭逸林成为诗友，开始相互鼓舞，学习写作古诗。羞愧，那些诗应该忘掉，谢天谢地，那些诗早已灰飞烟灭。另一古怪之事，我、彭逸林、杨江突然学习政治经济学，又是一个时代的必然之景致。

1973 年进入重庆市外国语学校读高中。英语成为我的难题，开始迷恋历史学，大量借阅。读到贺敬之的《放歌集》，因我的同学王晓川很喜欢，我也借来一读，无甚兴趣，但激发对新诗的好奇，碰巧读到莱蒙托夫的诗，有点感觉，趁兴模仿了两三首，又觉无趣，很快放弃。仍与彭逸林互赠古诗。

1975 年夏天，命运的转折又在夏日！我作为"知青"来到巴县白市驿区龙凤公社公正大队务农。我一生中最快乐的时光到了。我向田园学习并常常醉卧森林，开始像一个成年人那样吸烟。太美，因此必有一点不足：每日晚间知青点组织政治学习，从此对这类"学习"感到恐惧，神经也极度脆弱。但又有补偿，"学习"之后，我在油灯下读发黄的百科全书，摇身一变为萨特笔下的"自学者"形象。

1978 年初春，一只燕子飞入我的农舍，它使我想起幼时那位代课女教师谈到的那只神秘的春燕。让我作一次武断的命名吧，我确信就是这只燕子把我带向远方。这一年的春天，我考入广州外国语学院英语系。

大学期间与黄念祖、王辉耀、李岩、马强、李克坚、姚学正、吴少秋、杨小彦等结为文学朋友。与远在成都四川师范大学中文系的彭逸林开始穿梭般的书信往来，青春的苦闷及文学的热情交相点燃、辉映。

1979年从彭逸林、杨小彦、吴少秋处得知《今天》并读到"今天派"诗歌，与他们一道也与当时的中国青年一道深受激动。

同年又从王辉耀处读到程抱一翻译的波德莱尔诗选，尤其是对其中一首《露台》深为着迷，刹那间便唤醒我的童年记忆，开始学习法国象征主义诗歌的写作，并大量阅读西方现代主义的文学作品。

1980年，继续狂热地抄诗写诗，笔迹细小紊乱，但乐此不疲。

1981年5月的一个夜晚，忐忑而"胆大妄为"地敲开了梁宗岱教授的房门，畅谈约两小时。这些情况我已写入《去见梁宗岱》一文中了，在此不必重复。同年10月写出处女作（处女作即成名作）《表达》，可惜没有送给梁宗岱教授一阅，也放弃了彭逸林让我寄给《今天》的决心。二事引为憾事。

1982年2月毕业于广州外国语学院英语系，回重庆中国科学技术情报研究所工作。这一年仅写出两首诗《震颤》、《抒情诗一首》，又是一左一右之诗，前者白热，后者凉爽；前者向前，是对超现实主义技艺的模仿，后者向后，是对传统诗法的模仿。虽有几人喜欢，但并不如我意。

1983年9月去西南农业大学教书前夕与张枣在四川外语学院见面半小时，读到张枣的几首诗，但不肯相信竟然有一个人与我写得一样好。匆匆离去，直到半年后，我在寂寞中试探着把他作为一个对话者向他发出了召唤。

1984年春节在成都与欧阳江河相识（之前在1982年夏天经彭逸林介绍曾短暂见面），一见如故，连续几天分分秒秒沉浸在诗歌的谈话中，从此引为诗歌同人。

同年3月认识周忠陵，并在他那里油印我的第一本诗集，蓝色封面，并无书名，在彭逸林所在学校，重庆钢铁学校油印三十本，似乎获得了什么无价之宝，甚为快乐。

同年4月的一个下午，张枣、彭逸林出现在我家的走廊上。接下来晚上是一个诗歌隐秘的疯狂之夜。我和张枣，两个幽暗的吸烟者，将诗歌的话题直谈到黎明。张枣写下"绝对之夜"四字。

接下来便是我与张枣不知疲倦的奔波（二人相距五十公里），写诗、谈诗、改诗成为二人之日课。接下来诗歌在重庆各高校成为风暴，更年轻的诗人在加入，郑单衣、付维、刘大成、李康、王凡、王文林等。接下来我、张枣、欧阳江河成为最初的也是最重要的三人诗歌小圈子。

同年8月在北京的一个大杂院见到我年轻时崇拜的偶像北岛。我们互赠油印的个人诗集。

从这一年的秋天开始，我陆续写出《悬崖》、《夏天还很远》、《惟有旧日子带给我们幸福》等一批诗歌。

1985年3月在重庆歌乐山下，四川外语学院一间昏暗的学生宿舍，我和张枣、彭逸林与北岛、马高明见面，几天后，在北温泉一间竹楼里谈论文学。夜里外面下着春雨，嘉陵江在黑夜中流淌，周遭真是静得可怕。

同年5月我所创办的《日日新》民间诗刊印行。周忠陵写下短序。欧阳江河写出初显理论才气的文章，《关于现代诗的随想》。张枣译出荣格的文章《论诗人》。我写下编者的话。

1986年考取四川大学中文系研究生。在成都我感受到了"80年代诗歌"的热潮。这一年先后在重庆、成都写出《望气的人》、《李后主》、《在清朝》等诗歌。

同年与"非非"、"莽汉"、"整体主义"写作者有一些交往，与钟鸣、孙文波、赵野、温恕等交往密切。同年2月第一次正式发表诗歌《夏天还很远》（《新观察》杂志1986年2期）。

1987年自动退学，离开四川大学，幽居重庆四川外语学院，与付维交往最勤，日夜论诗。这一年写出《冬日的男孩》、《献给曼杰斯塔姆》、《美人》、《琼斯敦》、《恨》等诗歌。

1988年短暂离开重庆，与费声一同赴海口。荒唐的生活旋即结束。同年8月赴南京农业大学教授英文。10月写出重要诗作《往事》。在南京与韩东、闲梦等相识，并常结伴作短暂游历。与闲梦饮山楂酒甚多，让我想到我曾在乡村当知青的岁月，甚是快乐。

同年，个人诗集《表达》由漓江出版社出版。《表达》（日文）发表在日本出版的《中国现代诗集》上。

1989年写出一组短诗，题为《我生活在美丽的南京》，发表在钟鸣主持的民间诗刊《象罔》上面。这是我对南京——我心中最美丽的城市的一次献礼。同年9月在《作家》杂志发表诗作九首。《表达》（英文）发表在《中国文学》英文季刊1989年冬季号上。

1990年，《表达》（法文）发表在《中国文学》法文季刊1990年第四期上面。所译狄兰·托马斯五首发表在《外国现代派百家诗选》上，该书1990年由贵州人民出版社出版。《表达》（荷兰文）由柯雷翻译，发表在荷兰国际诗歌基金会出版的画册上。荷兰Raster杂志第五十期发表柯雷所译我的诗歌五首，其中包括《望气的人》。诗五首发表在《苍茫时刻：中国十家诗人诗选》一书之中（荷兰文），该书由荷兰Poetry International出版。同年受邀参加第二十一届荷兰鹿特丹国际诗歌节，申领护照受挫，未成行。这一年冬天写出《现实》、《以桦皮为衣的人》等诗歌。《上海文学》、《人民文学》分别于第三期发表诗歌五首。

1991年1月《花城》杂志社发表诗歌九首。澳大利亚文学杂志Scripsi于1991年七卷一期发表诗歌九首（英文），由李赋康翻译。再次受荷兰国际诗歌节主席马丁·莫伊邀请去荷兰参加第二十二届国际诗歌节，又因不能获得护照，未成行。

1992年，诗四首发表于香港《译丛》第三十七期（英文），同年，北京师范大学出版社出版《灯心绒幸福的舞蹈——后朦胧诗选萃》一书,其中收有我的诗歌九首。 河南人民出版社也于这一年出版《二十世纪外国重要诗人如是说》,收有我翻译的 T. S. 艾略特的论文《叶芝》。 所译狄兰·托马斯诗六首,发表于《二十世纪纯抒情诗精华》一书,该书为作家出版社 1992 年版。 第三次受马丁·莫伊邀请赴荷兰参加第二十三届国际诗歌节,仍然得不到护照,未成行。

这一年,我离开南京,返回成都,从事写作。

1993 年,该年的出版情况如下:诗三十九首,《中国现代诗编年史·后朦胧诗全集》,四川教育出版社 1993 年版;诗四首,《以梦为马——新生代诗卷》,北京师范大学出版社 1993 年版;诗十四首,《当代青年诗人十家》,上海文艺出版社,1993 年版;诗二首(德文),《柏桦、张枣、欧阳江河诗选》(荷尔德林协会出版),1993 年版;诗一首(德文)德国 Agonie 杂志出版,1993 年第五期;诗二首《花城》杂志社 1993 年第六期。 同年 8 月开始写作自传体长篇随笔《左边:毛泽东时代的抒情诗人》。

1994 年春,完成《左边:毛泽东时代的抒情诗人》一书。

1995 年尝试写一种介于诗歌、散文、俳句之间的东西,命名为《山水手记》,同年写出《毛泽东诗词全译全析》(成都出版社 1995 年版)。 这一年,德国荷尔德林协会推出《四川五君子》诗集,收有我的诗七首(德文)。 收到德国荷尔德林协会赴德参加相关诗歌活动的邀请,但亦因得不到护照而未果。 这一年 4 月在南京接受庞培、朱朱、杨键的访谈。

1996年文学批评《非非主义的终结》发表于《中国诗歌丛书：诗人空间》（云南人民出版社1996年版）。

1997年9月应柏林文学馆邀请赴德国柏林参加中国当代文学节，在柏林文学馆写作两个月，并在柏林洪堡大学朗诵诗歌。同年10月去德国图宾根荷尔德林纪念馆朗诵诗歌，并接受《法兰克福汇报》记者的访谈。同年11月赴法国巴黎参加国际诗人节。出版情况如下：诗九首（德文），德国Sirene文学杂志，1997年版；诗四首（法文），法国Aciton Poétinue，1997年版；诗四首（法文），Noir sur blanc une anthologie，法国fouribs出版社，1997年版。

1998年元旦开始写作一本有关唐诗的书。

1999年诗集《望气的人》由台湾唐山出版社出版；《地下的光脉》（诗论卷）也由唐山出版社出版。

2000年出版情况如下：诗一首，《上海文学》杂志，2000年第三期。该诗为《山水手记》，并因此诗获得该年度的《上海文学》诗歌奖。诗一首，《1999中国最佳诗歌》，辽宁人民出版社，2000年版。《中国人的理想与日常生活》（长篇随笔），发表于本年《诗歌月刊》杂志第十二期上面。

2001年《左边：毛泽东时代的抒情诗人》一书由（香港）牛津大学出版社出版。该年获安高（Anne Kao）诗歌奖。《去见梁宗岱》（随笔）发表于《诗歌月刊》该年的第三期上。

2002年《另类说唐诗》由经济日报出版社出版。

个人诗集《往事》由河北教育出版社出版。5月接受《书城》杂志编辑凌越的访谈。

2003年美国密西根大学英语系Coast杂志发表一首《山水手记》（英文），由欧阳昱翻译。《诗歌月刊》，2003年第八期发表诗歌六首。

2004年2月，调入西南交通大学人文学院工作，担任教授，为中国文学专业研究生讲授专业课程。同年3月法国Circé出版社出版《中国当代诗选》（法文），其中收有我的诗歌八首，包括《望气的人》、《在清朝》、《献给曼杰斯塔姆》等，由法国汉学家尚德兰女士翻译。同年6月接受诗人马铃薯兄弟为《中国诗人》杂志所作的对我的访谈。

2005年几乎全年投入论文写作，写出十万字的论文。

2006年，《今天的激情——柏桦十年文选》由上海人民出版社出版。

2007年，主编《夜航船——江南七家诗选》，8月由上海文艺出版社出版。

2008年，再度写诗，并做长注，集成小书一册：《水绘仙侣——1642—1651：冒辟疆与董小宛》，它是献给江南的，5月由北京东方出版社出版。

2008年11月，《左边——毛泽东时代的抒情诗人》全文发表在《青年作家》杂志上。

2008年12月11至18日，应香港中文大学东亚研究中心、《今天》文学杂志社、牛津大学出版社（中国）有限公司的邀请，赴香港参加"今天三十年"相关讨论会及诗歌音乐晚会。

2009年初，经聂华苓受美国爱荷华大学国际写作中心的邀请，拟于当年8月至11月去美国写作和讲学三个月，但因不能带儿子同行，故放弃。

2009年，《左边：毛泽东时代的抒情诗人》，《日日新——我的唐诗生活与阅读》由江苏文艺出版社出版。

2009年，《演春与种梨——柏桦诗文集 1979—2009》由青海人民出版社出版。

2011年，《山水手记》（诗集）由重庆出版社出版。

2012年，$Wind\ Says$（《风在说》）中英对照诗集由Zephyr Press（纽约西风出版社）和香港中文大学出版社联合出版。

2013年，《史记：1950—1976》，《史记：晚清至民国》由台湾秀威出版社出版。

2013年，《一点墨》、《别裁》由北方文艺出版社出版。

2013年9月9—11日，在澳门参加第二届中葡诗人对话会。

2014年，《与神话：第三代人批评与自我批评》由中国工商联合出版社出版。

2014年，《浮水印：第三代人影像集》由中国工商联合出版社出版。

2015年，《为你消得万古愁》（诗集）由北岳文艺出版社出版。

2015年，《革命要诗与学问》（诗集）由台湾秀威出版社出版。

2015年3月，获重庆"红岩文学奖"之诗歌奖。

2016年，《革命要诗与学问》（诗集）由四川文艺出版社出版。

2016年，《袖手人》（诗集）由台湾秀威出版社出版。

2016年，《在清朝》（法语诗集）由法国Caractères Press（文字出版社）出版。

2016年3月14—26日，参加巴黎"法国诗人之春"以及巴黎第七大学的文学活动，朗诵诗歌，发表文章《我与法国诗人接触》。

2016年4月，获广州《羊城晚报》"花地文学奖"。

2016年9月，《秋变与春乐：柏桦诗集（2014）》由华东师范大学出版社出版。

2017年1月至6月，在新加坡南洋理工大学中文系担任写作访问教授。